私は私、これでよし

遠藤周作

私は私、これでよし † 目次

第一章　私は私、これでよし

第二章　のどかな、のどかな話

第三章　短気をなおす法

第四章　医者を選ぶも寿命のうち

第五章　太陽のほほえみ

装画――著者による俳画より

第一章　私は私、これでよし

無意識の中にひそんでいる力を活用しよう

私はこうみえても身体障害者である。二十年前に胸部の手術をうけて肋骨（ろっこつ）を八本も切ったからだ。そして片肺はほとんど機能しない。

にもかかわらず、私は人の一・五倍は働いていると思う。また人の一・五倍は遊んでいると思う。

「あなたはあんなに忙しいのに、実によく遊び、動きまわりますね」

と先日、「おしゃれ」というテレビ番組に出た時、久米アナウンサーから言われた。

「ええ、私は常時軽躁病ですから」

と私は笑いながら答えた。もちろん冗談である。友人の北杜夫は私のことを本当の躁病ではないが、常時軽躁病だと常々、言っているからだ。

どうしてよく遊びながら、人以上に働けるのか。

それは私が、ぼやーっとしている時間を活用するからだと思う。私はよく鼻毛をぬきながらぼやーっとしているが、その時はこの「ぼやーっ」を充分、活用していると思う。

たとえば朝、寝床で眼をさましてから四十分ほどぼんやりしている。その間テープで音楽をききながら、今日の仕事を考えている。今日、書く原稿の内容について、じっと構想をねったり、内容をつくっていく。だから机に向かう時は比較的、すぐ仕事に没入できるよう仕組まれているのだ。

また私は脂（あぶら）がのったところで仕事をやめることにしている。脂がのったところで仕事をやめておくと、次の日、脂がのったままでなめらかに筆がすべるからである。

仕事と仕事との間——つまり「間（ま）」を活用することも自分の口から言うのははばかるが、かなり上手だと思っている。

私は間を五分や十分のような短い時間にしない。一時間や二時間の長い間を仕事のあいだにはさむのである。

この一時間や二時間の間を使って映画館に走っていく。そしてくだらぬ映画でも子供用の喜劇でも見るようにする。

映画館に行って実にくだらぬ映画を見ていると、少しずつイライラしてくる。自分は仕事をせねばならぬのに、こんな場所で無駄な時を費やしているのだと思うようになる。

しかしこの「無駄な時」というのが実は無駄ではないのだ。つまらぬ画面をぼやーっと見ながら、無意識のなかで仕事をしているのである。実際には原稿用紙に書かなくても、心の奥底は仕事について活動しているのだ。

そのせいで、この映画館の間の時に、思いがけない着想をえたり、行きづまった部分の突破口を見つけたり、あるいは「あそこは、こう訂正したほうがいい」という考えがひらめいたことが今まで何度あったかわからない。

たしかに眼はスクリーンにうつるつまらぬ俳優の動きを追っている。しかしその動きがひとつの刺激になって、そんな映画とは関係のない短編小説のヒントを獲得できるのだ。

そして猛烈に机に向かいたくなってくる。私は映画館を出る。出口でばったり知人に会う。知人はびっくりしたように言う。

「昼間から映画を見ているのか。君は実によく遊ぶなあ」

たしかに外見は私は遊んでいる。しかし遊ぶと同時に仕事もやっているのだ。

仕事に全神経を集中するためには、だらだらと書斎にとじこもるよりは、もう時間が少ないという切迫感に心を追いこむほうがいい。

一日、書斎にいる日もあるが仕事を一寸やっては新聞を読んだり、また仕事をしては時計をいじったりして、全精神が集中しにくい。しかし、もう時間が少ないという切迫感があると、無意味なことはやらないで必死になる。そのほうが効果があがる。

こういうやり方がわかったのは、「無意識」に大いに関係がある。

ある時期から私は無意識は意識より強力なものだということに注目しはじめた。意識は作りものだが無意識は本音だからだ。そして潜在力を持っているがその潜在力はなかなか表面に出てこない。表面に出てこないが無活動なのではなくてひそかに活動している。

「ぼけーっ」としている時は実はこの無意識がいつもより活動している時なのだ。つまらぬ映画を本気ではなくて放心したように見ている時は意識よりも無意識のほうが動いているのである。

だからその時に出てくる着想やヒントは意識ではつかめぬような意外な力がある。思いがけぬ効能を持っている。

それはちょうど平生は非力だが、火事になると自分の潜在力が出てきて、アッと驚くほど重い物でも運び出せるのと同じである。私が仕事の時、だらだらと書斎におらず、遊びまわって仕事時間を短くしてから机に向かうのもこの火事場における潜在力の出かたとよく似ている。

最近、ある記憶に関する研究で面白い本を読んだ。

英語の単語をおぼえる時、意識しておぼえるよりは、腹式呼吸を何度もくりかえして心を無意識状態にしてから暗記するほうがはるかに効果があるという本だった。これもやはり無意識の活用法だといえるだろう。

だから私は読者に（もう何度もくりかえしたが）無意識の力をもっと考えろ、無意識をもっと活用せよともう一度くりかえしたい。

はじめに書いたように長期にわたって私は入院し手術を受けたことがある。

いよいよ恢復期になった時、おなじ手術を受けた仲間たちが、社会復帰を喜ぶどころか臆病になりビビっているのに気がついた。その理由は自分の体が傷ものになったという理由だけではない。別の事情のあることを私は発見したのである。

それはこれらの患者が長期入院生活のあいだ、毎日、

「○○をしてはいけません」

「△△をするのは体にさわります」

とたえず看護婦や医者に言われているうち自分は「してはいけません人間」になったと無意識に思いこむようになっていることだった。せっかく、恢復期に入っている患者にも、

「あなたはまだ一日半時間以上散歩してはいけません」

「あなたはまだ週二度しかお風呂に入ってはいけません」

このように来る日も来る日も「してはいけません」と耳もとで聞かされてごらんなさい。人間は自信を失い、消極的になるのは当然である。私は多くの患者が社会復帰に臆病になっている理由がわかる気がした。だから私は早速、看護婦や医者に恢復期に入っ

た患者には、

「あなたは一日半時間、散歩ができるようになりました」

「あなたはもう週二度、お風呂に入れるようになりました」

と積極的、肯定的な言葉を言うことを勧(すす)めたのである。そうすれば恢復期の患者はどんどん、自分の体力恢復に自信を持つにちがいないからだ。

日本の医師や看護婦が患者の心理をあまり考えずに治療している事実はこういう物の言い方にもはっきりあらわれている。つまり彼等は、人間の無意識がどんなに作用するか知らないのだ。

アメリカの女性思想家が、『隠喩(いんゆ)としての病い』という本を書いた。彼女はそのなかで「癌」という言葉や文字はそれだけで患者の無意識に眼にみえぬ暗さ、悲嘆、絶望を与える音と文字だと指摘し、これを訂正するようのべているが、私も同感なのである。

他人になりたい欲望

私のインタヴュー番組「トーク・アンド・トーク」で、思いがけぬ遊びをすることができた。

思いがけぬ遊びとは、ある人工製髪――つまり「かつら」を作る会社の社長と対談し、対談の途中、私が二十代、三十代、四十代と次々に化けてあらわれたのである。

私は昔から変装が大好きだった。だから実際に「かつら」をかぶったり、「つけ髭」をしたりして外を歩くような妙なことをやっていたが、今度はテレビでおおっぴらにこの遊びができるというので嬉しくてたまらなかった。

というのは「かつら」というのは意外に高価なもので、一寸した部分「かつら」でも七、八万円から十万円はかかる。遊びにしては金がかかりすぎるから、私にはそう手が出なかったのだ。

それが今度は向うの社長の好意で二十代に変装する「かつら」、三十代に化ける「かつら」、四十代に見せかける「かつら」をタダで作ってもらえるのだから、好奇心の強い私が飛びあがって悦んだのは当然であろう。

さっそく、東京の中心にあるその会社をたずねて私の頭の寸法、私の髪の質や固さを調べてもらった。「かつら」というのはヤミクモに作るのではなく、その当人の髪に調和する材料を使わねばならぬからである。

私自身の気持から言うと、実生活に「かつら」を使おうという気持はまったくない。こちらはアマの劇団に参加しているが、プロの役者でも俳優でもないし、それにハゲていることをそれほど恥ずかしいとか、屈辱だと考える年齢でないためである。だから「かつら」をつけても別に屈折した感情を抱かず、まったくの遊び心で楽しむことができるのである。

さて、数日後、その「かつら」が出来あがった。

まず二十代のかつらをかぶってみる。二十代だからゆたかなフサフサとした量の髪である。

「おお、髪があるとは、なんて頭を温かくするものか……」

これが、かぶった時の偽らざる気持だが、こういう気持は自らのゆたかな髪に馴れきっている若者や女性たちにはわかるまい。

二十代のかつらをかぶった自分を鏡にうつしてみると、何となくドリフターズのいかりや長介氏に似ている。そこでサングラスをかけると、横浜銀蝿に似てなくもない。

だが悲しいかな、若づくりをしても老いというのは口もとのあたりにあらわれるから、いくら髪が黒々でもゆたかでも本当の二十代という感じはしない。旅路の果てに若づくりをしたあわれな老女の厚化粧——どうもそれがあって頂けない。

三十代のかつらをかぶってみる。すると自分の顔が何だか甘栗太郎とそっくりにみえて情けなくなってしまった。

かつらが年齢を誤魔化(ごまか)せるのは十歳ひくく見せるまでだと、四十代のかつらをつけて、どうにかわかった。私は五十代だが四十代後半までなら、何となく化けられるからである。

いい齢をしてなぜ、こんなことをして楽しむのか。

さきにも書いたように私にとって、これは遊びであって本気ではない。本気というのは、実生活で自分のハゲを誤魔化すために「かつら」をかぶることだが、私にはそんな気持はない（だからと言って、かつらを実生活でつけている人を笑っているのではない。その人にはその人なりの悩みがあるのだろうから）。

だが遊びとしてなら私は「かつら」をかぶるのが大好きだ。それは私の心のなかにある変身願望のせいである。つまり「他人になりたい」というやむにやまれぬ欲望のためである。

近頃はアイデンティティ（自己とは何か）という言葉が一種の流行にさえなっている。本当の私とは何か。本当の自己とは何か。それをアイデンティティという。

ところが私はその逆である。自己以外のものに変るのが嬉しいのだ。他人になりたいという欲望はどんな人間の心にもあって、よく子供が仮面ライダーやウルトラマンになりきった気持で遊んでいるが、あれは変身願望であろう。

では女性の化粧も変身願望か。いや、あれはちがう。なぜなら女性が化粧するのは他人になろうという意志のためではなく、この自分を美しくみせようという願いに他ならないからである。他人に変ろうという気持はその時さらさらないのである。

一方、変身願望の根底にはあくまでも自分ではない別の人間に変ろうという欲望がある。私がかつらをかぶり二十代、三十代に化けるのは女がかつらをして自分を美しく見せようという気持とは大いにちがう。私はかつらで自分を若く、美しく（？）見せたいなどという意識は働かない。その代り、

（こいつで変装すればほかの人がみても、遠藤とは思わないだろう。それがおもしろかんべえ）

という好奇心が強烈に働いている。

昔、かつらをかぶり、つけ髭をつけて新宿の路を歩いていた。

その時、雑踏のなかである友人とすれちがった。たしかに二人の視線はまじわったが、相手はその私が遠藤だとはまったく気づかなかった。知らん顔をして横を通っていった。

その時の快感！

わかりますか、皆さん。何とも言えぬ疼（うず）くような快感が私の脳天から足の先までを貫

いたのである。

なぜなら、その時の私は遠藤周作ではない。遠藤とちがった別の人間だからである。しかもその人間は日本国籍に登録されておらず、税金も払う必要なく、住所もなく、非存在の存在、名なしのゴンベエだからだ。国家からも家族からも束縛されない、制約されないこの自由な気分。私にゾクゾクッとする快感を与えたのはあたりまえである。

もちろん他人になるといっても自分の肉体を使ってなるのだから限界がある。

そこで私のする変装の遊びは自分よりふけた老人になることのほうが多いようだ。わざとふけたかつらをかぶり、背をまげて歩く。時には白い口髭やあご鬚をつける時もある。

すると妙なもので外観が老人だと気持までが老人に変ったようになる。

（ああ、腰がイタい、あっ便所がちかい）

などと自分で思っていると、何だか腰まで痛くなり、トイレに行く回数も多くなるようだからふしぎだ。

そして老人になったつもりで風景を見る。

（もう老いさきは短い、この風景を長くは見られんのだなあ）

老人になったつもりでそう考えると、今まで見なれていた風景さえも別の味が出てくる。何とも言えぬ寂しさによって別の趣に変ってくる。今まで自分の眼で見なれてしまったため、新鮮さを失っていた風景に何かあたらしい生命が吹きこまれたような気持さえしてくる。これが変装の楽しみのなかで一番大きなものだ。

私は小説家なので、自分ならざる他人を作中人物としてたえず登場させている。そしてその他人の心理がどんなものかをいつも想像しながら筆を進めている。だから私の他人になりたいという変身欲望は実は小説家としての本能なのかもしれない。自分ならここでこう思うが、これが別人ならこう考えるかもしれないという意識はいつも心のなかで動いているのだ。

他人の心を想像すること――。

だが近頃、我々のなかで一番、欠如しているのはこの「他人の心や立場を想像する」ことではないのか。

まわりを見まわすと、あまりに自分の考えだけが正しいと思って他人の心や気持を考えぬ人がふえた。私は別に自分の思想は正しいからそれをわからぬ奴は反動であり帝国主義者だと言う近頃の若者や、社会が悪いから、俺たちを理解してくれぬからオートバイをぶっ飛ばすという少年たちのことだけを言っているのではない。相手がスターだから有名税だと言って、その私生活をあばく芸能週刊誌。自分だけに都合よく、他人には迷惑な発言を訴えられると、言論の自由をふみにじるといって食ってかかる文化人。いくらでもいる。そこにはあまりに他人の心や気持を考えてやるデリカシー、思いやり、配慮が不足しているような気がする。つまり他人への想像力が欠けているのだ。

私は小説を書きだしてから、人を裁くのが次第にイヤになってきた。自分も同じ立場だったら同じことをやったかもしれぬ、と考えるとめったに人を裁けぬのである。人を裁く時だけ、他人のことをあげつらう時だけ、自分が道徳家になる——私はあんな人間にはなりたくない。

友あり、遠方より来たるまた楽しからずや

郵便が配達されるのは毎日、十時半頃である。

小説家という仕事のために郵便物は山のように沢山ある。正直な話、郵便屋さんには気の毒でならない。雑誌や新聞やダイレクト・メールや試写会の案内状などのなかに毎日、一通か二通ぐらいは読者からの手紙もまじっている。私はその時刻、ちょうど朝の食事をするので、食事をしながら、その手紙を拝見する。手紙のなかには時折、妙な通信が入っている。

「わたしはあなたについて歌をならいたいです。わたしはいつか東京に行って歌手になりたいので、よろしく願います」

音痴も音痴、風呂場で唄を歌っても我ながら自分には音感が全くないと自覚している

私に歌を習いたいとは、一体、どんな奇特な人なのか。住所と名前をあらためて見ると地方の町に住む少女である。

「変っておる、この人は」

首をかしげていると、お手伝いさんが教えてくれる。

「この人、きっと間違えたんですわ」

「なにを」

「流行歌の作曲家に遠藤実という人がいるんです。その人と間違えたんですわ」

私は可笑しくてたまらないのだが、待てよ、万一、この少女が間違いに気づかずにたずねて来られると困る、あわてて食事をすませ、葉書に返事を書く。

「ぼくは歌とは全然関係ありません。ぼくはショーセツカです、遠藤実さんのほうに手紙をだして下さい」

私の返事にたいし、向うからは一枚の葉書も来ない。梨のつぶて。ショーセツカなんかには用はないのだ。

「もしもし、遠藤さんですか」

仕事をしていると机上の電話が鳴る。

「そうです」

「私はね、佐藤ミツという名前ですが、あなたの小説のなかにミツという女の出てくるのがあるでしょう」

「はあ。ありますけど」

「だからねえ……私、友だちにあんたがモデルじゃないかと言われて困るんですよ」

「そんな馬鹿な。ミツなどという名は日本に十万人はありましょう」

「そうですか。まあ、それはいいんですけど……実は、あなた保険に入って頂けないでしょうか」

懸命に言葉をつくして保険に入る意志のないことを説明して電話を切る。見知らぬ人からのこういう妙な電話が二日か三日に一度はかかってくるのだ。

「ごめんください」

今度は玄関で少年の声がする。家の者が出て応対している。

「ぼくア、小説家になりたくて、先生と話するために、来たんです……」

「ごめんなさい。前もって約束のない方とはお目にかからないんですよ」

「それじゃ、いつ、来ればいいですか。ぼくは小説家になろうと思っているんですけど」

私は耳をすませて、階下の玄関でのこの会話を聞いている。家人は小説家になるなんて、よくお考えになってはと少年を説きふせている。

「考えていらっしゃるようないい商売じゃないと思いますよ」

「そうかなあ。いい商売と思うがなア」

「いい商売じゃありませんよ」

「そんなら、ぼくア、漫画家になろうかなあ」

「漫画家も大変ですよ」

「そうかなあ」

「まだ、これから時間があるんですから、ゆっくりお決めなさいよ」

「そうですか。そな、サイナラ」

私は吹きだしながら、また原稿用紙に視線を落す。昔はこういう訪問者にはびっくりしたが、今は馴れっこになってしまったのである。

「俺は中村というんだ。中村が来たと御主人にとりつぎなさい」

「中村さん。中村さんですね」

「そうです」

家人はこの自信ありげな相手に押されて、中村さんがたずねてこられましたと私の書斎に告げにくる。家人の知らぬ中村さんを私もまた知る筈がない。首をかしげる。家人はもう一度玄関に出て、

「どこの中村さまでしょうか。お会いした記憶がないと申しておりますがねえ」

「そりゃそうだ。今、初めて来たんだから」

こんな変ちくりんな訪問者は月に一度ぐらいあるのだ。

朝にドサリと来る郵便物のなかに、

「遠藤周作様方　安達瞳子(あだちとうこ)様」

と書いた葉書が入っている。安達瞳子さんは言うまでもない安達流の花の先生である。だが彼女が拙宅に下宿されていたことなど一度もないのにハテ面妖なと裏をかえすと、

「兄上様、瞳子様」

という書きだしである。テレビで御兄妹の対談をみた。瞳子様の婚約者である自分には大変たのしかった。ところで瞳子様と自分との結婚式の日取りや式次第について相談したいから近日、兄上様をたずねていくと書いてある。

何のことかさっぱりわからない。二度、三度よみかえして、やっと兄上様とは私のことであり、この差出人は私が安達瞳子さんとテレビで対談したのを見て私を彼女の兄と思い、自分を彼女の婚約者と考えてしまっている頭のおかしい人だとわかってきた。

はじめは苦笑していたが、そのうち、この人から週に一度は葉書や手紙が来るようになり、しかも、兄上様、瞳子様という書きだしに続く文面に瞳子様への切々たる愛情（?）と兄上様への万感の信頼が書きつづられるのを見ると、冗談ではすまされなくなってきた。

「今日は明治神宮に参拝し、兄上様、瞳子様の御幸福と、私たちの結婚の幸福を祈り、境内に売っていた銀色の靴べラをお送りすることにしました」

そして三日後、靴ベラを入れた小箱が本当に送られてきたので、私は電話帳でこの人の下宿先の電話番号を調べ、そこの家主に事情を話した。

「そうですか、どうも私たちも少しオカしいと思っていたのですがねえ」

家主の御主人は話がわかると、この人の弟に連絡しようと親切に約束してくれた。毎朝ドサリと送られてくる郵便物のなかに必ず一年に一度、いささか気になることを書いた葉書がまじっている。

その差出人はもう三年前ぐらいから、私に自分が夢で見たことは必ず当るのだと過去の実例を幾つかあげているのである。自分には六感というか、七感というか、近い将来のことを見透す能力があって、その能力があらわれるのは夜なかに夢を見た時だと彼は言うのだ。

「お気をつけてください。私はこの間、すさまじい地震が起ってビルが崩れ、人々が折り重なって死んでいる夢を見ました。私がこのような夢を見た時は、必ず地震が一カ月か二カ月後に起るのです。来月の十三日前後に、この夢が不幸にして実現しそうな気がいたします」

そんな葉書を突然、未知の人からもらえば、こちらだって気持がいい筈はない。たとえ嘘だと思っても、万一ということだってある。

その上、私には昔、英国の心理学者が夢は人間が自分の未来を予見する感覚のあらわれだ、という説をのべた本を読んだ記憶があるので、この葉書を笑って屑籠に放りこむわけにもいかない。

「おい、こんな葉書がきた」

朝の食事をしながら、それを給仕をしてくれている妻にみせる。

「この人、去年も同じようなことを書いた葉書をくれたじゃありませんか。出鱈目ですよ」

「出鱈目とは思うが、やはり不安だ。来月の十三日をカレンダーに丸じるし、しておきなさい。万一ということもある。当日は息子も学校を休ませたほうがいいんじゃないか」

「冗談、言っちゃいけません」

その十三日が近づいてくる。私がじっとカレンダーの赤丸を見ていると、中学生の息子がせせら笑う。しかし新聞に最近、日本の地震学者が関東地区にすさまじい地震エネルギーが溜っていると発表しているのを読むと、あの予言、絶対に当らぬとは言えないのだ。妻も初めは笑っていたが、私がそんな新聞記事の話をすると次第に不安そうな顔をしている。

狡い息子は母親のその顔色をみて（自分は本当は頭から信じていないくせに）十三日は学校を休みたいなどと言いはじめる。

「いけません」

と妻は口では言うが、息子が、

「ぼくが……ビルの下敷になって……目玉なんか飛び出て……死んでもいいのかい」

などと脅かしはじめると、

「そうねえ。一日ぐらい休んだって……勉強に差支えないでしょうねえ」

と私の顔を見る。私は責任を負いたくないので知らぬふりをしている。

十三日になると私は書斎にとじこもっても落ちつかない。嘘だ、嘘だと言いきかせながら、万一の場合に備えて石油ストーブを消しているので（地震の時、一番こわいのは火事だと聞いたからだ）、部屋のなかは寒くて仕方がない。しかもガラガラッと来た場合、いち早く飛び出せるよう部屋の戸をあけているから、なお体がふるえる。

母親を狭く丸めこんだ息子は大っぴらに学校を休んで、漫画の本など読んでいる。怪しからんと思うが、学校を休ませたらどうだと言ったのは自分である以上、叱ることもできない。

空はのんびり晴れている。昼になる。地震はこない。夕暮になる。ガタガタと窓がゆれる。地震かと一瞬、ハッとするが風の音と気づく。部屋の寒さにたまりかねて遂にストーブをつける。真夜中ちかく、

「何も起らないじゃや、ありませんか」

と妻が書斎に怒りながら茶をもって入ってくる。息子はとっくに赤い舌をペロリと出しながら眠ってしまった。時計が十二時をうつ。結局、あの葉書の予言は当らなかったのだ。

「あなたが、あんなもの信じるからですよ。子供まで学校を休ませて」

「休ませたのは……君じゃないか。俺は知らん」

結局、俺はバカだったと思いながら一年に一度、ドサリと運ばれてくる郵便物のなか

に、この同じ差出人の地震予告の葉書が入っていると私は不安につきまとわれるのである。

突然、やってくる訪問者のなかには、妙な健康器具や薬を売りにくる人がいる。私のような三文文士でも宣伝の道具になると思っているらしい。

「まあ、ためしてください。この石をお風呂に入れておきますと、石から磁気が出るんです。その磁気が体内の血液を純化して癌の予防をするわけです。胃腸にも実によく効きます」

若い男が玄関でペラペラと言うと、私は半分は好奇心から（好奇心が強いというのは私の生来の気質である）、半分はそういう妙なものへの憧れから、つい買ってしまう。

「何ですか。この石」

風呂のなかに真黒な火山岩のような石が二、三個、放りこまれているので家族はブツブツ言う。私が一個、五百円、出して買ったというと怒りはじめる。

「一家の健康のためじゃないか」

と私は主人の権威を見せるべく怒鳴るのだが実際、入浴してみると、この石が体にあたって痛くて仕方がない。一度はドブンと足を突っこんで、この火山岩のような石を踏みつけ、痛て、て、て、てと叫んだぐらいだ。

一週間ほどしたら体が妙に元気になりますと、売りに来た青年は言ったが、一向に効目がない。

それでも我慢して使っていたら、ある朝、妻が朝食に食堂におりた私にヌッと朝刊をつきつけた。

「見てごらんなさい。この記事を」

言われるままに指さされた記事を読むと、何でもない石を体に効くと言って千円で売りつけていた男が警察につかまったと書いてある。あの男だ。

「ただの石を高いお金で買って……ほんとにバカですよ」

「しかし……」私は狼狽して、「この記事では千円で売りつけたと書いてある。俺は五百円に値切ったのだ。ほかの人より損害が少ない」

こんな失敗にかかわらず、私の家には妙な町の健康器具がセールスマンの手によっておかれていく。石はもう風呂から取りだして捨ててしまったが、その代りに、その機械を入れると鳴門（なると）の渦巻のように風呂の湯が渦をまき、血のめぐりを良くするという水中マッサージとか、それに坐れば体内に電気が走り、疲れもこりもとれるという電気椅子などを買わされているのである。

「あなたは少し、ぬけてますよ。こんなガラクタを買いこんで」

そう言われると私は、自分はぬけていると思う。ぬけた一点があるから、遠藤実氏と間違えられて歌を習いたいなどと注文されたり、安達瞳子さんの兄上様にされたり、夢予言の地震にビクビクするのであろう。

だが考えてみると、こうしたことのすべては結局は私の生れつきの好奇心が招いた結果なのかもしれぬ。

そうではないにしろ、少なくとも、毎日、私の単調な執筆生活を慰めてくれることは確かなのだ。

ゲンをかつぐ

神経衰弱というものが、どういうものか私は知らない。そして私は自分が神経衰弱だと思ったことはないし、その辛さもよくわからない。

にもかかわらず私にも（馬鹿馬鹿しい）と思いながら妙なことをする癖がある。

たとえば自宅から仕事場に出かける折、とび乗るバスの席がいつも決っている。別にその席をバス会社が決めてくれたのではなくて、私が自分の坐る場所はあそこと勝手に考えているのだ。

そしてその席が他の乗客によって既に占領されている時は、他の席が空いていても立つことにしている。

なぜか。

なぜか自分でもよくわからない。しかし、心のなかの何かが、そう要求するからである。

「馬鹿馬鹿しい」

と家人は笑う。私だって馬鹿馬鹿しい癖だとは百も承知している。承知して、やっているのだから、これは仕方がない。

少年時代——多分、上級学校の受験の頃だったと思うが、駅へ行く路の途中に郵便ポストがあった。今は存在しないが、その頃の郵便ポストは路のところどころに赤い巨人のように突ったっていた。

その横を通りすぎる時、心のなかで私に指図する声があった。

「あのポストの頭をなでてこい。そうしなければ、お前は入学試験に失敗するぞ」

入学試験に失敗するのは嫌だから、私はわざわざポストに近よって、その頭をさすったものである。

そういう癖を人にうち明けるのは恥ずかしいから黙っていた。自分一人の妙な性癖だと考えていた。

しかしあとで、そんな無意味な癖は私一人だけではなく、たくさんの人にあるのが、わかった。名前は出さないが偉い物理学者や科学者にも形こそ変れ、それぞれに、そういう状況におかれたら必ずやる行為を持っているそうだ。俗に言う「ゲンをかつぐ」行為だ。

勝負師やスポーツマンはこの「ゲンをかつぐ」ある行為を盛んにやる。ホームランを打ったバットをその後も大事に使用するとか、口髭をそらないとかで、そうしないと安心感が起きないのだ。

こうした個人的なゲンの他に集団的ゲンをかつぐ行為もある。畳のヘリを踏むな、とか、ミミズに向かって放尿するな、とか、昔は祖母たちからよく言われたものだ。あるものには「なるほど」という理由があり、他のものにはまったく意味も理由もないものがあった。しかしゲンをかつぐ意味でそういう行為は今なお、やらない。出がけに爪を切らないなどはそのひとつである。

どうして、そういう理由のわからぬ「ゲン」がこの社会にできたのか教えてくれるような本はないだろうか。かつては、きっと、それなりの事情や理由があったのだろうが、それを探ると人間心理のある可笑しさにぶつかるような気がするからだ。

たとえば読者にはおわかりにならぬだろうが、この私の原稿の最初の行は、原稿用紙の八行目から始める。

なぜ八行目から始めるのか、と言われても理由がない。

理由がないけれども、今までもこれからも八行目から私は書きだすだろう。その心理の奥には深層心理学から見れば、きっと「何か」があるのだろうが、当人の私にもわからない。

懐中時計とパイプ

仕事部屋には幾つかの古びた箱がある。箱のなかには昔の思い出がつまっている懐かしい人たちの手紙がある。

別の箱にはある時期、買い集めた安物の懐中時計が入っている。

私は腕時計より、古風な懐中時計が好きで、それに鎖をつけ、洋服の小さなポケットに入れて、必要な時にその蓋をあけて時計を見るポーズが得意だった。ひとりの時も、そんな動作をして、

「ワトソン君、そろそろ我々も引きあげようじゃないか」

と呟いたりする。

御存知の方はお気づきと思うが、これはドイルの「シャーロック・ホームズ」探偵の

台詞がぴったりと合うような気がして、大いに気にいっていたものだ。

懐中時計にも色々ある。私の持っているもののなかには昔の国鉄の駅の駅長さんたちが使用していた、何の装飾もない、ただ正確第一の懐中時計がある。

これをくれたのは友人の阿川弘之という作家で、彼は有名な乗物狂だったから、日本の鉄道マニアになっていくうち、こんな小道具にも熱中したにちがいない。

外国に行くと私が暇をみて探すのは古い懐中時計だった。特にロンドンでは目の色を変えて骨董屋を歩きまわった。そして古い懐中時計ほど、今のそれにくらべて、大きく、分厚く、重いことを知った。しかしそんな重い時計に、これも太い鎖をつけて、背広のチョッキのポケットから出す時はえも言われぬ快感があった。今はもう使っていないけれども。やがて私が死んだら誰の手に渡るだろう。おそらく家人や子供は使用しないだろうから。

別の箱には青年時代から壮年時代にかけて愛用したパイプが入れてある。

私がパイプで煙草をすうことを憶えたのは、リヨン留学の頃だった。その頃は煙草のみも紙巻をすう学生とパイプをくわえる連中とがあった。

パイプを使うと、いかにも学者風にみえた。正直、私はパイプの脂(やに)掃除や、その粉が机に散ることが嫌だったくせに、パイプを、くゆらせながら本を読んでいる教授先生の姿に憧れた。思えば愚かしい話である。

そのため、安物だが色々な形のパイプを集めた。桜の根で作ったパイプ、海泡石のパイプ、人間の顔を彫ったパイプ、そんな各種各様のパイプが私の思い出の箱のなかにある。そしてパイプの穴のなかには煙草の残骸がカチカチに層をなしてつまっている。それを見ると、留学時代、町の小料理屋で飯をくい、このパイプをくゆらせながら、気どって店を出た自分の（くだらない）姿が浮かびあがって、懐かしさと恥ずかしさの入りまじった気持になるのだ。

日本でも昔はパイプをくわえている人をよく見かけたものだ。しかし禁煙、嫌煙の流行している現在、紙巻煙草をすっている人はいても、パイプをふかす人をほとんど見なくなってしまった。あれも、あれで一寸、いいものだったが。

これらの古い箱、部屋の邪魔にはなるが捨てることができない。他の人にはガラクタと反古にすぎなくても、当人にはかけがえのない品物なのだ。

時々、戯れに懐中時計を持つことがある。しかし長続きがしない。私が懐中時計を見ていると、若い人たちがなぜか、気の毒げな顔をするからだ。

私は私、これでよし

毎日毎日、すさまじい日照りつづきである。

ありがたいことに、やっと水飢饉だけは今回の台風11号のおかげでのがれたようだが、これからもまた暑さが続くだろう。

「この暑さにどこにも行かないんですか」

出版社の人と電話で話をしていると挨拶がわりにそうたずねてくる人がいる。

「いいえ、今のところ東京におります」

私たち小説家には会社から与えられる休暇がない。日曜だって祭日だって私は仕事場に通う。要するに仕事場にいるのが好きなのだろう。

休暇をとってハワイだの、グアムに行けるのは若い連中の特権である。雑誌などをめくると、私の青年時代には考えられなかった楽しい旅や遊びが今の若い人たちには豊富に与えられているのがよくわかる。

羨しくないと言えば嘘になる。なにしろ私の二十代前半は飢えや苦痛にみちた戦争時代と戦後だったのだから、女の子と外国の海に行って泳いだり、駆けまわったりするようなことは夢だに思わなかったのだから。

羨しいけれども、私の人生はこれでよかったのだという気がしないでもない。それは決して負け惜しみでもない。

人にはそれぞれ福運というものがある。生れる国も家庭も環境もそれぞれの人によって違う。私は今の時代に生れず、戦争に邁進する時代に生れた。

そしてそんな時代に生きたから、若い時から死や人間の運命や宗教や色々なことを考えこまざるをえなかった。

書物が不足していた時だから、たまに手に入った小説は夢中になって読み、しかも他に楽しみがないから何回も何回も読みかえした。おかげでそれらの小説が曲りなりにも今の自分の血となり肉となったことは確かだ。

あの頃の学生には夏休み中、この作家のもの、この思想家のものを全部読もうというような大プランをたてる人が多かった。もちろん、それを実行しえたかどうかは別だ。こういう企てても考えてみれば今のようにハワイやグアムに遊びに行く当ても余裕もなかったからであろう。

だから、私はどちらの夏休みの過しかたが素晴らしいなどと比較する気持はまったくない。

それにハワイやグアムに行く若者でも年がら年中、いい思いをしているわけでもないだろう。いつかバレンタインの前日、外国に行くために浦安のホテルに一泊したら、かなりの宿泊費の高いホテルが若い男女でいっぱいなので驚いた。その一人にきいたら彼等はこの日にそなえて、平生の収入から貯金をしているそうである。

年よりっぽい、とか、一種の諦めだとか言われそうだが、私も次第に自分の人生をほかに移しかえて考えなくなった。小説家になるため巴里に生れておればよかったとか、もう少し頑健な体を持ちたかったとか、昔は色々と他を羨んだこともあったが、今では「私は私、これでよし」と自然にそう思うようになってきた。

そのかわり与えられた状況や条件を最大限に活用して、それを享受し、あらゆる角度から（文字通り）満喫するのが「生きる」ことだとも思うようになった。

だから今の若い人の夏休みは存分に国内や外国で楽しむほうがいい、我々の時代のように飢えや炎の中で辛い思いをしないのは、今の世代の幸福だ。幸福である以上、それを満喫するのがいいのだ。

ただし、この幸福がすべての人、すべての時代に与えられたとは思わないように。

まず微笑

フランスの戯曲に「卵酒」というのがある。亡くなられた辰野博士の名訳でお読みになられた方も沢山おられるであろう。

すじというのは極く簡単で、ある雪のふる夜、子供のない二人っきりの夫婦が話をしている。自分たちは別にこれといって他人に迷惑をかけるような生活をしなかったのに、どうして友だちができないんだろう。話下手で内気なために、たまにでも近寄ってくる人たちはすぐ去ってしまう。考えてみれば本当に寂しい。そんな不満を夫婦がボソボソと交しているところに、雪のために少し暖まらせて下さいと顔みしりの男がひょっこりたずねて来る。夫婦は懸命にその男と話を続けようとするのであるが、話下手なこの二人に相手は気づまりを感じて椅子から立ち上り、別れを告げようとする。夫婦はふと思いついて寒さしのぎの卵酒をすすめる。その一杯の卵酒から相手の男は非常に満足して戻っていくという、そんなホノボノとした戯曲である。

ずっと昔のことであるが、私もどうも友人ができぬ男であった。友だちがほしくても、どうしても相手になじめない。相手も私に気がつまるのか、なぜかなかなか寄りついてこない。

思いあぐんである先輩に相談すると、先輩はしばらく考えていた揚句、こちらから先に相手の名を呼ぶこと、そして、その時、必ず微笑することを忘れるなと言った。たとえば道で田中君に会った時、こちらから、田中君と呼びかけ、その時、呼ぶだけでなく微笑しろというのである。

「そんな単純なことで友だちができますか」

「まあ、やってみろ」

私はその翌日、ある会で偶然、長く会わなかった友人に出会った。先輩の言葉を思い出し、こちらから先に相手に挨拶して、口に微笑をうかべた。その時は相手が忙しそうでそのまま別れたのであるが、翌週、彼から葉書がきてとても懐かしかったと書いてあった。

私はそれ以後、今日でもこの方法を実行しつづけている。おかげで今は相手に気づまりをさせない方法も会得したが、その始まりは相手の名をよぶことと、微笑することだったのである。

ペン軸の話

長い間、一つのペン軸を使っていた。万年筆という奴が嫌いだからである。もっともこのペン軸はどこでも買える品物で、形もぶざまな上に小説を考えながら私がその先をガリガリと嚙むため、小さな傷が外側について、人前でそれを出すのがちょっと、恥ずかしいくらいであった。

この間、ある旅館で仕事をしていた。部屋の向うに沼が拡がっている。小説はなかなか捗（はかど）らない。だんだんと気がいらいらしてきた。

恥ずかしい話であるが、その時、私は自分のペン軸のみにくさが急に気にかかってきた。小説が捗らぬのもこんな古いペン軸を使っているせいだと思い窓をあけて沼の中に投げ棄てた。ポンという憐れな音をたててペン軸は消えてしまった。だが新しいペン軸を買ってみると、どうであろう。小説もさっきよりうまく行かないような気がする。別にペンが悪いのではないのだが、持ち具合といい、紙の上をペンが走る感じといい、前のもののほうが私にはピッタリだという気がする。幾日たってもその感じはなくならない。私は初めて、あの形もぶざまで、人前に出すのが恥ずかしかった古いペンが自分にとってどんなに貴重だったかを知った。

失ってみてその物の価値を知るという諺があるが、その時、私は考えた。このことは人間と人間との関係にも言えるのじゃないかと。たとえば夫婦がそうである。平生はそんなに感じもしない女房の有難さが、彼女を失ってみて初めてわかるという人が多くある。

私のペンはきたなくぶざまだった。しかし今はあれほど価値のあるものはないような気さえする。人間の場合だって同じだ。きれいなもの、魅力のあるものを愛するぐらいは誰でもできる。しかしきたなく、ぶざまになったものを棄てないことは、むつかしいことである。本当の愛とはきれいなものに心ひかれるということではなく、自分の選んだ人やものがどんなにみにくくなっても、それをいつまでも棄てないことではないかと思う。

第二章　のどかな、のどかな話

〝ケチ〟はくたびれるもんです

昨年の十二月、私は発作的に自分を徹底したケチ男に改造しようと思いたった。無駄なものは、決して買わない。どんなものも捨てない。一円でも余程のことがなければ使わない。そして貯めて、貯めて、貯めぬいて億万長者になろう。

そう思った私は家長の権威をもって家族たちにそう命令した。しかし私をかなり知っている家人はせせら笑って、

「何、言ってるんです。バカバカしい」

「バカバカしいとは何だ」

「どうせ長つづきしやしませんよ。また誰かの真似をしてるんでしょ。ほんとに、すぐ人の影響を受けるんだから」

そう言われて私は黙りこんでしまった。正直な話、家人から痛い所をつかれたのである。

見ぬかれた通り、私は何でもすぐ感心する癖がある。紙も要らず、手も使わずにすむ便器の話を三浦朱門から聞くと、すっかり感心してそれを買いこんだり、風呂のなかに入れるとイオンが出て体が丈夫になるという石の話に感激してバカバカしい石を沢山、買いこんだり——その時は大いに感心するのだが、やがては結局、阿呆臭い哀しい結果になるのである。

今度の場合も——実は大阪のケチ男で有名なN氏に会ったのが運の尽きだったのだ。

このN氏は現在、船場(せんば)の問屋会長をされている方で、資産数億と言われている。そしてその資産、数億の淵源は、氏の徹底したケチ生活によって生れたものなのである。

私はそのN氏と京都で会った。ある雑誌社の若い記者が彼を(私に引き合わせるため)大阪から京都まで連れてきてくれたのだが、N氏は私の眼の前で、その若い記者にすぐ訓戒を垂れていた。

「あんたはんは京都駅からここまで来るのに、バスを使わんとタクシー使いましたやろ。

それさえ勿体ないことする思うてたら、小型やなく中型をとめはった」

「はァ。駅前の小型タクシーの方は十人ほど人が並んでいましたから」

「それがあかん。わずか十分、待てばええのを、中型に乗ったため三十円か四十円、損してはる。そんなことでは金、貯まらんで」

このくらいの倹約なら、私だってやっているので別に驚くことはない。しかしそれから二時間ほど、彼と話をしているうち、

（こりゃ、カナワン）

と言う気に、すっかりなってしまったのである。

まず、ちょうど食事の時間だったから、私は彼をホテルの和食堂に誘い、鰻を注文した。相手はケチの王様だから、こっちも特、上、並と三つあるうち鰻飯の並を注文して彼に対抗することにしたのである。ところが、彼は、

「こんなもの食うてゼイタクな。私のとこなど、鰻、食いとうなったら、鰻屋に行って切り落した頭や尾をもろうて来ます。あそこが一番栄養あって、うまいんや。しかし、ここはあんたが払うのやさかい、御馳走になりまっせ」

そうぶつぶつ言いながら食べ終ったが、食堂を出ると、急に私をじっと見つめ、

「あんたは、さっきオコウコ一切れ残して、ほんま勿体ない人やなあ。だが、それよりも、食堂、出る時、何もとらんと手ぶらで出やはりましたやろ。そんなことでは金、貯まらんでえ」

そう言いながら、そっとポケットから、食堂のカウンターから持ってきた広告マッチ五個のほかに、爪楊枝十本を見せたのである。

「このマッチ五個と爪楊枝十本はタダや。タダなもんは家に持って帰って使わな、損やおまへんか」

私はこれにはびっくりしたが、それだけではなかった。私が煙草に火をつけて、その燃えさしのマッチを捨てると、今度は、

「なんで捨てるのや。それかて家に持って帰って夏まで溜めといとき、夏に蚊取線香使う時、一本のマッチでつかん場合、それにうつせば、ええわいな」

そこで私はすっかり対抗意識を燃やして、食後のケーキを綺麗に食べて、

「Nさん。これで文句はないでしょう」

と威張ると、更に首をふって、

「まだあかん、あかん。ケーキ包んである銀紙を捨てとるわ。それかて持って帰りなさい。よう洗うて大事にしとけばな、子供の運動会があった際、お弁当の御飯とおかずの間に一寸波型に切って、入れてやれば、悦びまっせ。役に立たんもんは、この世にないのや」

そう言ったのである。

ここまで来ると私は持ち前の癖である好奇心と感激癖とで、この人にすっかり魅せられていた。できれば、この人をセンセイとよび、ケチ道を教えてもらいたくなったのだ。

「Nさん」と私は叫んだ。「ぼくも今後、あなたのようにケチに徹して、数億円貯めてみたくなってきた。教えてください」

すると彼はニヤリと笑って、

「しかしケチは強い意志がいりまっせ。それに性格にもよる。あんたは電車に乗って、周りに人が読み捨てた新聞が落ちていたら、それを持って帰れるか？」

「電車に落ちている新聞を――うむゥ。これからやります」

「そして、どうしますな」

「溜めて屑屋（くずや）にそのまま売ります」

「そこがあかん。拾うてきた新聞を溜めるのは結構や。結構やが、それなら普通のケチでもやる。本当のケチなら、その新聞を丁寧に皺のばして綺麗にたたんで、配達された時と同じようにしてから屑屋に売りますねん」

「へえ——すると？」

「すると屑屋の方でも気持がええから十円余計にくれます。この十円だけのために労を惜しまんか、どうか、これが大事や。やれまっか？」

「はあ」

「そんなら一寸、あんたの財布、見せてんか」

N氏は何を思いけん、私の小銭入れを出させて、中を覗いてから、

「あかん。こんな心がけでは金は貯まらん」

「なぜですか」

「ここには一円が十枚、入っとる。十円も十枚、入っとる。それをそのままにしとる。

だからあかん。本当にケチになりたければ、一円が十枚貯まったら、すぐ十円に替えなさい。十円、十枚貯まったら、すぐ百円にしなさい。百円が十枚になったら、すぐ千円札に替えなさい」

「しかし、また、どうして」

「当り前やがな。人間、細かい金やと、すぐ使う。しかし大きな札やと、なかなか使わんもんや。だから使えん気持を作るためにも、小銭はできるだけ札に替えるようにすべしだす。この財布のなかを見ると、あんたにはその精神がない」

ここまで徹しているのだから、私は心からギャフンと言わざるをえない。

Nさんは、自分の洋服はもう十五年も使っているのだと言った。毎日ブラッシを丁寧にかけると、十五年たっても使えるのだそうである。自分の会社でも、落ちた縄一本、しまわせる。郵便の封筒かて集めて裏返しにさせればメモになるやおまへんか。電話かて滅多にかけるものやないで。葉書で言える用件なら葉書で連絡したほうが安い。歩いていけるところは電話、使うなと会社の者に常々、言うております……。

「わしはケチは生れつきの性格やと思うております。だから社員、採用する時かて、学歴なんかどうでもええ。学校の時に使うたノートと鉛筆持ってこさせますねん。そして鉛筆を短くなるまで使うとる者は経理課に入れる。この男は会社のものも無駄しまへんからな」

「じゃあ、あなたも社員も滅多に車は乗らない?」

「当然ですがな。二本の足という授かりものがあるのに、歩けるところは歩かねば損やがな」

私は少しあきれて、逆襲を試みた。

「しかし、そうすれば靴もへりますよ。あなたは靴がへることを計算しとらんようですな」

N氏は平然として、そして静かにこう答えた。

「だから、私は道を歩く時も靴のへらんようなところを選んで歩きます」

「けれど、そんな風にしたら社員は嫌がってやめるでしょう」

「そんなことはおまへん」N氏は首をふった。「部下というものは、きびしゅう教えれば、やめんもんです。やめるのは何処(どこ)か甘やかすからです」

「でも、あなたは一体、なんのためにそんなにケチに徹して金を貯めるのですか」

私のこの重大な質問に、彼はニヤリと笑った。おそらく同じ質問を今まで何回もきかれたのであろう。大きくうなずいて、

「そんなことを考えとったらあかんな。金はな、貯めるために貯めるのやで」

N氏と別れてから私はすっかり興奮し、感心しきっていた。物事、あそこまで徹すれば立派なものである。よし、オレも今日からケチになってやろう。N氏を上まわるようなケチ中のケチになってやる。

そう思ったから東京に戻ると家人たちに宣言したのである。今日からわが家は資産数億を貯めるべく、ケチって、ケチってケチりぬこうと。N氏はどんな家でも二万五千円あれば生活できると言った。だから、わが家でもそうすべきである。

「バカバカしい」と家人はせせら笑った。

「そんなこと、うちのような所帯じゃ不可能ですわ」

「いかん」と私は叫んだ。「Nさんは収入は全部、銀行に入れろ、と言った。人間、金があると使う。なければ何とかなる、と言った。その通りだと思う。だから今日から現

金は全部、貯金しろ」

私は声を高くして怒鳴ったが、私の命令が家族に通った例はあまりない。よし、私一人でケチ生活をやってやると決心した。

まず第一に電気と水道である。Nさんによると家計のなかで一番、浪費しているのは電気と水道だそうで、N家では夜になると一室以外、電気はつけぬという。そこで私は家族たちの部屋の灯を消して歩くと非難ゴウゴウである。

水道も倹約の意味で、顔を洗う時、片手で水を一寸だけ受けて、それで顔をなでる。洗面はこれをもって終りにする。目糞なんか手でとればいい。入浴する時も体の重さで湯が外に溢れぬように、ソロソローッと体をつける。

特に細工を要したのは電話である。私の家は東京の郊外にある。だから仕事やその他で東京に電話をかけると、分、秒の時間で電話賃がどんどんあがる。

Nさんは葉書ですむところは電話の代りに葉書を出せ（そのほうが安くつく）、歩いていける範囲内は電話をかけるな、と社員に言われているそうだが、私の場合、そうもいかぬ時がある。

そこで私は考えた。こちらから東京にかける時は、すごく早く言う。

「もしもし。××さんですか……聞えないなあ。よく聞えない。聞えないから、そちらから一寸、電話をくれませんか」

そうして向うがあわてて電話をくれると、今度は悠々、ゆっくりと、

「もーし、もーし、遠藤でーす。お早うございまーす。お元気ですか。いい天気ですーねえ。春めきましたねーえ」

電話賃が向う払いであるから、こちらは安心して時候の挨拶からのべる。用件も細かく、ゆっくり言う。

トイレの紙だって、円筒になったのをおいておくから、人間は沢山使うのである。だから私は、それらをすべて取りあげて、五センチ四方に切ったのを一枚だけおくことにした。これも非難ゴウゴウであった。考えてみると、これはあまりに不潔なのでやめることにした。

毎日、ケチになろう、ケチになろうと考えているうち、妙なことが起った。汚い話で失礼であるが、便秘になってきたのである。薬をのんでも、それほどきかない。

ところがこの頃、ふと開いたフロイドというオーストリアの精神分析の元祖学者の本に、「便秘になる人の大半はケチな性格の持ち主である。その人たちは自分の体内にあるウンコまで外に捨てるのが惜しいという無意識の気持があり……それが便秘症に変るのだ」

そういう言葉が書いてあったので、びっくりした。そう言えば女性には便秘症が多いのは、女が男よりケチであるためなのかもしれない。

一週間もするうち、私はすっかり、くたびれてしまった。ケチであることは、ひどく努力を要するとN氏は言ったが、その通りだったのである。

八日目、九日目、十日目で、私は次第にモトのモクアミになってしまった。ケチ男として、数億の財をつくる野心を捨ててしまったのだ。情けない限りである。

この一文を読まれて、御自分もケチに徹しようと発奮される方がいられるかもしれない。しかしその人たちにケチは生れつきの性格だから、そうでない人は努力しても長つづきがしないと私の経験から申しあげたい。

自分がケチであるか、浪費家であるかを調べるには、手相学の方法によるのが一番である。手の親指をうしろにそらせてごらんなさい。全くそらない人は本質的にケチ。少し、そる人は普通の人。ひどく、そる人は浪費家である。手相師たちはそう判断するのだそうだ。

ケチ合戦——狐狸庵 VS どくとるマンボウ

昨年の夏、一カ月ほど軽井沢に住んだ。軽井沢に住んだといえばあんた、聞こえはええが、なあに、知っとる人が自分の別荘をタダで貸してやると言うでな。タダなら借りな損だと思うたのだ。

ところがその別荘ちゅうのが文字通り軒は破れ、ひさしは落ちて、何しろ大正十二年に建ったそうだから今日まで四十数年風雨に曝(さら)され、カビとシミだらけだな。床をふみぬいたことも一度ある。ふみぬいた所には、味噌ヅケ入れた箱の丸い蓋を打ちつけておいたがな。家主の知人が知ったら怒るだろ。

だが、ここに住んだため、ひどい目にあった。

第一にこの軽井沢にはえらい先輩が多すぎてな。猫の額のような町の東西南北に先輩

文士がウジャウジャ住んどる。朝夕の菜を買いに表通りを歩くと、その人たちにバッタリ会うて、

「ほう狐狸庵、お前が来とるのか」

まるで火星人間が地球にあらわれたようなふしぎな顔をされるで、こっちもこっちでペコペコ頭をさげなならん。それが嫌で日のあたらん林や裏道をコソコソ歩いたもんだ。ところがこの林や裏通りには夕暮になるとブヨが出るのでな。

「あッ、痒(か)ゆッ」

そう思ったらもう、あかんよ。足のくるぶしに針でさしたように血の一点ができて、みるみる膨れてくる。一日すると、もう人間の足か象の足かわからんようになってくる。ビッコ引き引き、歩くとまた具合わるく、先輩に会って、

「どうした、狐狸庵」

心の中で、あんたらがこの町におらねば、この拙者も表通りを堂々、歩けるものをと恨めしいな。

それからこの先輩たちとの仕事で来た出版社の若いジャーナリストが、つぎつぎと拙

者のところを骨休みの場所にしてな。

「ああ、疲れたよ疲れたよ。××先生の所に行ったんだが、すわりずくめで肩が張ってしもうたよ。一寸休ませて下さい」

こう言って上りこむから、こっちの注文に来たのでもないジャーナリストに、茶も出さないかん。トウモロコシも焼かな、ならん。ところが、

「ちぇッ。トウモロコシか。酒ないんですか。ビール、ビール」

ビール飲んで飯くって、

「さあ、これで疲れが治ったと。一寸、東京に電話かけさせてもらうか。……もしもし編集長ですか。××先生の原稿とれました。苦心しましたよ。まだ印刷にあいますか。はいはい、承知。わかっとります……」

一分二百円の電話を長々と東京と話しつづけて、揚句の果て、

「さいなら」

と帰ってしまう。これでは拙者には一文の儲けにもならんどころか、出しっ放しではないか。

軽井沢に避暑にこられる××先生、〇〇先生、△△先生よ。みなみなさまのためにも拙者が軽井沢で蒙りたる被害五万一千五百円ナリ（うち、ブヨ治療代、一千五百円をふくむ）。

先輩ばかりで、チッたあ肩のこらん仲間や威張れる後輩は来んものかと、朝夕の買い物の折、コソコソと捜してみたが、友人たちは馬鹿ではない。こんな所には来んよ。ところが、半月が過ぎたある夕暮、

「ごめん下さい」

表で声がする。芋粥を渋団扇でたいていた狐狸庵、そっと窺うと、毛ムクジャラの長足に、よごれた半ズボンをはいた、うすぎたない男が立っとって、

「狐狸庵さん、ぼく来たんです。ぼく来たんです」

別に招待したおぼえもないのに「来たです、来たです」と連呼するので、ふしぎと思ってつくづく顔をみれば、「来たです」ではなく北杜夫だ。みなさんご存じのどくとるマンボウだがな。

「おう、キタか。キタか」

嬉しかったの。北ならば肩もこらん、畏(かしこ)まる必要もない。

「ぼくはつい近所に昨日、キタですが、なにしろ一人暮らしの寂しさで……狐狸庵山人が近くにおると聞いたから、土産をもってとんでキタです」

やはり友人、来る時は手土産を忘れん。親しき仲にも礼儀あり。さすがは斎藤茂吉の息子。育ちがちがうと思うて、手にしている土産とやらを、そっと窺うと、あんた、しなびたキュウリ三本だ。

「これが土産？」

「そうです」

育ちがいい奴は悪びれんな。

「キュウリもみにして食って下さい」

キュウリもみにしようにも、陽なたに五日もさらしたようなキュウリはキリギリスでも食わんがなあ。と心で思ってもそうは口に言えんしなあ。

「まあ、あがれよ」

「いや、ぼく、すぐ失敬します」

「まあ、いいじゃないですか」

「そうですか」

あがってきたな。あがってあかじみた半ズボンから毛ズネをボリボリかいて、

「かまわんで下さい」

そう言いながら、じいーっと、狐狸庵が晩酌にとっておいた一升瓶をみとるんだな。断っておくが狐狸庵、他にゼイタクはせんが酒だけは諸君とちごうて二級酒なんか絶対飲まん。特級ばかりだ。

「少し飲むか」

「いや、かまわんで下さい。すぐ失敬します。ぼく」

「まあ、いいじゃないですか」

「そうですか」

コップに一杯飲み、

「かまわんで下さい。すぐ……そうですか」

二杯、三杯、四杯目になるともう自分で瓶を引きよせ、人の特級酒を惜しげもなくト

クトクつぎ、

「いやあ、全く世はアサナワのように乱れておりますなあ。ぼくは三文文士より以下の一文半文士ですが、これでも世を憂えておりますぞ。最近は憂うるあまり、躁病にかかり、この病気の特徴として惜し気もなく人にパッパと物をくれてやるようになりました」

（惜しげもなくパッパッとくれたのがキュウリ三本か）と心で思ったが、そうは口に出せんしなあ。

「ところで芋粥はもう煮えましたか」

「食べるか」

「いや、かまわんで下さい。すぐ失敬します」

「まあ、いいじゃないですか」

「そうですか」

例の調子で人の大事な晩飯までたいらげ、

「いやあ、全く世はアサナワのように乱れておりますな。ぼくは一文半文士ですが……」

わけのわからんことを呟きつづけ、酔眼モウロウ、アンマのような足どりで帰っていった。

飲みしろは飲まれるし、飯まで食われるし、先輩にも会いたくないが同輩にもコリゴリと思うておると、この北杜夫、毎晩、必ず、わが飯がたけた頃をねらってピタリと来るんだなあ。その正確なこと日本製の時計のごときである。

「いや、かまわんで下さい。すぐ失敬します」

口でそう言うが、すぐ失敬はしない。あまつさえ、こちらが茶碗に飯を少しだけもると、

「もっと、飯をもって下さい。もれ」

それから毎日、彼が来るたびに、狐狸庵心中で（またキタ）と呟き、彼が飯をもれと言うと（またモレか）と溜息をつく。

まこと、あの男はキタ・モレオだと、早々に軽井沢を引きあげ、柿生の狐狸庵に戻った次第である。

のどかな、のどかな話

「私のスポーツ」などという題で雑誌にのったグラビアに、北が馬に乗っている姿がうつされていたのを見たことがある。

「いや、乗馬というものは実にいい運動ですな。遠藤さんも是非おやりなさい。ぼくが教えてあげますぞ。ぼくは夏、軽井沢では乗馬をたのしむですが、高原を一鞭(ひとむち)、疾駆する気持は、は、はア、何ともこれ言えんですなア」

北は酒場でウイスキーを飲みながら、私に親切にそう奨めてくれた。数年前、大病からようやく恢復して以来、運動らしい運動もしない私を案じて、この心やさしい友は乗馬を教えてくれると言うのである。

私は軽井沢の高原を颯爽、馬にまたがり浅間の噴煙をバックに縦横に駆けまわる北を羨ましいと思った。しかし同時に、かつて彼が車を運転していた姿を見たことを思いだして二つのイメージが私の心の中で調和しないことに苦しんだのであった。あれはやはり同じ軽井沢だった。私がある日、ブヨに刺された足をひきずりひきずり「この上もなお憂きことのつもれかし、限りある身の力ためさん」と呟きつつ歩いていると向うから、はアまア、何とも言えん不恰好でチョロ剝げた車がヨタヨタと走ってくるのが見えた。その車は両側から次々と追いぬいていく若者たちの「カッコいい」スポーツカーの間で、哀しいような憐れなような足どりでこちらに近づいてきたのであった。そして私はその運転台に北の姿を見たのだが北はハンドルに必死にしがみつき、私のわびしい姿も眼に入らぬ始末だった。

親しき中にも礼儀ありで、私はこのことを彼にその時、黙っていた。しかし彼が軽井沢で馬を疾駆させると言うと、私はそのヨタヨタ自動車のことを思いだし、少し、フクザツ――な気持になったのも事実である。

昨年であった。軽井沢の夏もすぎ、あらかた人々も引きあげた、うつろな秋の夕暮、私はわびしい気持で「この上もなお憂きことのつもれかし、限りある身の力ためさん」

と呟きつつ散歩していると、向うの道から、ロバに乗ったサンチョのような男の姿が急にみえてきた。いやそれはサンチョではなく北だった。そしてそれはロバではなく、軽井沢の農家が耕作用に使うヨボヨボの駄馬だった。北は駄馬に乗って道をヒョロヒョロとこちらに向かってやってきた。

私は懐かしさのあまり「北クーン」と叫んだ。北クーンはロバの上から――いや、馬の上から私を見て「やあ！」と答え「トマレッ」と馬に命じた。しかしこの馬はツンボか強情らしく、マンボウ博士の声にかえってトットコトットコ足を早めて反対の方角に歩きだした。

「北クーン」

私はあとを追いかけ、北は、

「トマレッ、トマレッ」

何度も叫ぶのだが、馬は一向、言うことをきかない。向うの方角にどんどん去っていく。

「北クーン」

「トマレッ、トマレッ、トマレッ」

「北クーン」

やがてそのトマレッという声も北の姿も夕暮のススキの影のなかに次第に小さくなり、私は追うのを諦めた。

迷編集長と迷編集者

三年前、「三田文学」という雑誌の編集長を一年間だけやったことがある。「三田文学」は周知のように慶應義塾をバックにした永井荷風以来の伝統のある雑誌だが、何度も何度も廃刊と復刊をつづけたものの、このところパッとしない状態にあった。憂慮された先輩たちが色々と考えられた末、遠藤、お前、責任をもってやってみろと言われたのだった。

一年間だけ、という約束で引きうけたものの、編集長などとは名ばかりで第一、部下になる編集員がいない。それに私自身、雑誌編集の経験がない。編集のやり方はある有能な先輩に教えてもらうことにしたが肝心の手足になる部下がいなくてはどうにもならぬ。

仕方なく三田の大学から、五人の若い学生に手伝ってもらうことにしたが、この後輩たちも割りつけ、校正はもちろん御存知ないし、文学とは縁の遠そうな顔をした連中である。編集者もズブの素人なら、部下もズブの素人。しかし目標は沈滞した「三田文学」の名をふたたび世間に知らせるというのだから随分、心臓のつよい話だった。

私は学生たちにこう宣言した。

「俺も君たちも雑誌のつくり方は何も知らん。だがいわゆる大雑誌は戦艦や航空母艦と同じで大型だが小マワリがきかぬ。こちらは小型だが小マワリがきく筈だ。その小マワリを最大に生かそう」

そう言ったものの何が小マワリか、自分でもよくわからない。しかし自信のある顔を学生にはせねばならぬのが迷編集長の辛いところだった。

私の部下となった五人の学生のなかに気の弱そうな、オドオドしたTという男がいた。私は彼に自信をもたせたいと思い、A氏という癇癪持ちの評論家のところに原稿をたのみに行かせた。

ところがこの学生は近頃の若い世代にありがちな世間知らずなのか前もってA氏の御

都合もうかがわずにノコノコと早朝、氏のお宅の玄関を叩いたのである。

札儀作法にキビシいA氏はこの無礼に顔を赤くして怒られた。お怒りになるのは無理もない。何の予告もなしに突然、自宅にやってきて、原稿を書いてくれと言われれば、カッとなさるのは当然である。

「君はだれだ」

「ミ、ミタ文学の者です」

気の弱いTはA氏の怒ったお顔を見ただけで、もうすっかり狼狽し、混乱してしまった。

「ミタ文学か、ヨタ文学か知らんが、前から、何故、電話をしない」

「失礼しましたア」

Tは悲鳴のような声をあげて一礼すると脱兎のようにA氏の家から走り出た。

そして――

そして現代の若者の無礼に腹をたてておられるA氏の家に、五分後に電話をかけたのである。

「ぼく、前から、電話してます」

「なに」

「前の米屋さんから電話しています。だから原稿お願いしますッ」

A氏はあまりのことに笑いだしてしまわれた。Tが冗談ではなく、本気で前から電話していると思いこんでいるのが、その声でアリアリとわかったからだ。

「いいよ。いいよ。書くよ。書くよ」

A氏はつかれたような情けないような声でそう承諾された。

Tは自分が怪我の功名だったことにその日一日、気づかなかった。私は彼の報告をうけて爆笑したが、ムツかしいA氏の原稿をもらえたのは、たしかにTの思いちがいの結果にちがいない。

「三田文学」のその号は売り切れだった。A氏の人情味ある執筆承諾がその原因の一つだったことは言うまでもない。

思いちがい

昨日、書いたT君のような思いちがいなぞ誰にもあるものである。

これは「三田文学」に来ていた学生たちから聞いた話だが、もう数年前に慶應の経済学部の入試の一つに作文があって、その題が「経済学部への期待」というものであった。

その日、一つの教室で、答案がくばられ、若い試験監督の先生が試験開始のベルがなると共に、チョークをとって、大きく次のように作文の題を書かれた。

経済学部
への期待

もちろんこの若い試験監督が題を二行にわけて書かれたのは黒板が小さかったからにすぎない。そして次に書くような悲劇的な出来事が起ったのは、必ずしもこの先生がわるいのではない。

受験生たちは静粛に作文を書きはじめた。そして一時間後、この作文は集められ、別室に待機している採点係の先生たちのもとに送られた。

経済学部

への期待

作文のなかには福沢先生の教えを引用して実学の道は経済にありと書く者もいた。経済国日本の将来のためにこの学部で勉強したいと立派な志をのべる受験生もいた。しかしそのなかに、甚だ奇妙きわまる一枚の作文があった。

「忘れもしない。二年前、ぼくが盲腸の手術をやった時です。痛みは朝からはじまり、医者は即刻、手術をしようと言って病院に運ばれ……」

その作文には何故か、出題テーマとは全く関係のない盲腸手術の経験がくどくどと書かれていた。そして、

「手術後、ぼくも看病してくれた母も共に屁を期待しました。なぜなら、もし麻酔がきれた時、ガスが一発、腸から出れば経過は良好の証拠だと医者は言っていたからです。

そしてその屁の期待がぼくを一晩苦しみに耐えさせ、屁の期待を母は一晩待ちつづけ……」

採点をする試験官は、受験場で作文の題が、

経済学部

への期待

と二行にわけて書かれた事情を知らなかった。この受験生はすっかりアガっていて、「経済学部」と「への期待」とを別々に読んだことも知らなかった。

彼が合格したか、どうか、私は知らない。しかし、もし私が採点者だったなら、この苦心の作文（しかも大真面目な）に優は与えなくても断じて良は与えたであろう。彼の懸命さは良に価するからだ。それでいいではないか。

これも「三田文学」の学生Kに聞いた話。

年に一回、大学では学生の健康検査をする。女子学生と男子学生はもちろん別々の日にやる。

身長、胸囲、レントゲンなど調べられたのち、Kたちは試験管をわたされた。Kたち

のすぐうしろに一人、ひどくマジメな学生がいた。各人はトイレに入り、試験管のなかにコハク色の液体を入れて紙に包んで出てきたが、ひどくマジメな学生だけは十分たっても二十分たっても出てこないのである。

「どうしたんだ。あいつ」

と皆でそっとトイレのほうを見ていた。

やがて――

そのマジメな学生が額にベッタリ汗をかいてトイレから出てきた。いいですか。額にベッタリ汗をかいて。

のみならず、彼の手にしている丸い長細いあの試験管のなかにウンコがビッチリつまっていた。マジメな学生は額にベッタリ汗をかいて、それを握りしめ黙っていた。みなも気の毒になりシーンと黙っていた。

しかし一体、どのようにして、あの丸い長い試験管にウンコをつめることができるのか。私も色々な国を旅行したが、その方法がわからない。

異邦人との珍問答

外国にノコノコ出かけていって、その国の言葉ができぬ経験は何度もやった。これは別に恥ずかしいことではない。外人は日本にきても日本語を知らぬと、平気で英語や仏語でおし通す。日本人がその外人にたいして懸命に、なれぬ英語で話しかけようとする。どちらがミッともないか、そばでみているとハッキリわかる。

川奈ホテルのロビーで、あるお嬢さんがテレビをみていた。すると一人の外人が葉巻をふかしながら横にやってきて、ソファに腰かけた。

テレビではニュースをやっていた。韓国の兵隊たちが、朴正熙大統領の前で分列行進をやっている。兵士たちのあとを、女子学生たちが一団となって進む。

お嬢さんは外人と二人きりなので堅くるしくてならない。沈黙しているのは非礼だと思い、何か話しかけねばいけないのではないかと思うが、その英語がペラペラと出ない。

「ガール・スカウト」

彼女はテレビの画面にうつる女子学生たちを指さし、ニタニタと笑いながらそう言った。

「オー、イエス」外人は葉巻をくわえてうなずく。

画面の女子学生たちはみな同じ制服をきている。お嬢さんはまた叫んだ。

「ユニホーム」

「オー、イエス」

次に朴大統領が壇上にたつ姿がうつった。

「ボス」

「ホワット？」

「ボス」

お嬢さんは大統領という英語を忘れとったから、その代りにこう言ったのである。そしてサービス精神からニヤニヤと笑った。葉巻をくわえた外人はお嬢さんの顔をじっと見つめていたが、やがて流暢な日本語でゆっくり答えた。

「あなた、バカか」

これは本当にあった話である。

そういう私だって同じような失敗は何度もしている。ロンドンにうちのかみさんと行った時、彼女は女特有の強心臓で英語をつかっている。どうせ、間違いだらけのカタコト英語と思うが、中学時代、居眠りばかりしていた私は、全く話せないのだからしかたがない。

「なにさ」かみさんは私に威張って言った。「まるっきり、だめじゃないの」

「ふん」

こちらはくやしくてならぬから、なんとか、この女の前でペラペラ英語をしゃべってやろうと考えていた。その時、ホテルのボーイが部屋に入ってきた。

「ロンドン」そこまでは口に出た。ロンドンには毎日、雨がふることとありますと、私は言おうと思ったのだ。「えーと、イト、レインズ」毎日とは英語で何と言ったっけ、エブリ……エブリ……

「えーと、イト、レインズ、エブリィボディ」

ボーイは変な顔をして向うに行ってしまった。私はエブリデェィとエブリィボディとを間違ってしまったのである。

「なにさ」かみさん軽蔑して言った。

「あれじゃァ、ロンドンでは人間がパラパラ降ってくるみたいだわよ」

「馬鹿いえ」私はくやしまぎれに答えた。「俺は英語でこう言ったのだ。巷に雨のふるごとく……我が心にも……雨が降る」

もう大分まえ、留学から帰国の途中、ペナンという町に上陸したことがある。私の乗った日本貨客船が、戦争中、潜水艦の寄港地だったこの港で船荷をつむためだった。ながい印度洋で退屈しきったあとだから、このペナン上陸はたのしみにしていた。同室にはNHKの欧州特派員だったK氏という紳士がおられて、この人と「本当の土が早く、踏みたいですなあ」

毎日、そう言っていたのである。

だからペナンの港に船がやっとついた時、もう日は暮れかかっていたが、よろこび勇んで身支度をととのえていると、パーサが、

「中国人の町には足をふみ入れんで下さいよ」

と注意をしにきた。中国人の町は入りくんでいて、道を間違えられると困るし、それに万一のことが起ってても責任をもてぬと言うのだ。そう言われると、かえって行きたくなるのが人情だから、温厚なK氏を引張って、むりやりペナンの中国人町に出かけていった。

ぐるぐる歩きまわり、どちらが東でどちらが西かわからなくなってきた頃、無性に咽喉がかわいてきた。喫茶店らしいものをさがしたが、人影とだえた中国人町の左右の家はみな戸をとじている。第一、むつかしい漢字をかいた看板ばかりで、何が何だかさっぱりわからん。

すると一軒、門構えの大きな家で何とか旅亭とかいた建物があった。旅亭ならばホテルのことであろう、茶ぐらい飲ませてくれるであろうとK氏と二人で中に入ると、大きな中国人の男が店先で煙草をふかしている。我々をみると、ペラペラと何かを言い、二

階にのぼれと手まねをする。

「喫茶室は二階だと言うとるようですな」

K氏がそう言うから、私は階段をのぼりガランとした廊下に出た。中国人は私を廊下の端の部屋に連れていこうとしたが、ふしぎなことにK氏がついてこようとすると、手をふってニイ、ニイと言う。何が何だか、さっぱりわからん。

放りこまれた部屋は六畳ほどの大きさで端に寝椅子があり、その上に長い煙管(きせる)がおいてあった。アヘンを吸う部屋かなと私は考えた。

と、その時、扉があいて一人の中国服をきた女が入ってきた。首に白い包帯をまき顔にアバタのあとだらけの中年女である。私に向かってしわがれ声でチンチンチナポ、チンチクリンノチクチクパイプと話しかけるが何を言っとるのかさっぱりわからん。

突然、このうす気味わるい女が服をぬぎはじめた。みるみるうちに下着一枚になって、猫のように寝椅子の上にひっくりかえり、

「ニヤ、ピー、リャンコ、リャンコ」

と言う。私がびっくりしていると、今度はこっちのバンドをグイグイひっぱるではな

いか。
私は大急ぎで手帖を破り、鉛筆で、
我慾喫茶談笑
と書いたが女はニヤー、ピーとわめくだけで今度は真赤になって怒りだし、部屋を飛び出していった。やがてさっきの中国人があらわれ、こっちの鉛筆をひったくって、
你(ニイ)　快々的(カイカイテイ)、肉体朋友(ロウテイポンユウ)
あとで人にきくと快々的とは「早く早く」という意味だ。肉体の朋友(ポンユウ)とはなるほど言いえて妙である。
「ちがう、ちがう」
私は日本語で叫び、廊下にとびだしてK氏の名を連呼した。
「こっちだ。こっちですウ」
向うの端でK氏の声が聞えた。扉をあけるとK氏の前に脂(あぶら)ぎった大女が憤然として立ち、K氏自身は私と同じように鉛筆を片手にして汗をながしているではないか。
「私は……私は……」とK氏はどもりながら「こう書きましたが」

Ｋ氏のさしだした紙をみると、

汝　有毒？

という三文字が並んでいた。二人は金を払い、ほうほうのていで逃げだしたが道々、笑いがやまなかった。Ｋさん、汝有毒と書いたら相手は何と言いましたかと訊ねると、彼女は首をふって否定しましたと温厚なこの紳士は答えた。

だまし屋

今の少年雑誌にはそういう馬鹿馬鹿しい広告は載っていないようだが、私の子供時代の少年雑誌のなかには、「伊賀流忍術、秘法の本、一読、ただちに姿を消し、空を飛ぶことができる神秘不思議の術を書いた本。今月、注文の方には美麗カメラ一台を景品」などという広告が頁のあちこちに載っており、私はそれを見て非常に感激して、代金を送った記憶がある。

送ってきたカメラは全く使いものにならぬ紙製の赤いパラフィン紙をはりつけ、小さなレンズをはめこんだものであった。そして神秘不思議の本のほうには、五十にちかい項目があり、姿を消す法にも空中を飛ぶ術にも、ワケのわからぬ薬草の名をならべたて て、以上を服用するとできますなどと出鱈目が書いてあり、子供心にも口惜しい思いをしたものだった。

だがその後、大人になってからも、私は好んで赤新聞を買う。赤新聞のなかで一番、面白いのは広告欄で、この広告を見て飽きることがないのだ。何かモッともらしくて、何かインチキ臭いあの広告――あるいは仔細ありげな品物の広告、そういうのに手を出せばイッパイ食わせられると百も承知していながら、そのイッパイをどう食わしてくれるかに私の興味はある。私の後輩で同じようにインチキ好きなのがいて、近ごろの赤新聞によく載っている臭いつき下着を注文したら、安物の香水をふりかけた品物を発送してきたという。敵さんもなかなか考えるのである。

地方に行くとよく東京の有名歌手の名にもじった名が、村や部落の電信柱に出ている。美空いばりだの、橋雪夫だの――しかし地方ではそれでも結構、みんな聞いてくれるらしい。

今のようにポルノ映画が盛んでなかった七、八年ほど前、ピンク映画の広告にもこの種のものが幾つかあって、思わず吹きだしたことがあった。いつか小田急の某駅の前にそんなピンク映画の立看板があり、そこに名作映画化と題して、

『砂利（じゃり）の女』

『泥の中の植物群』

と書いてあった。いうまでもなく『砂利の女』は安部公房の『砂の女』を、『泥の中の植物群』は吉行淳之介の『砂の上の植物群』をもじったものである。

私もひどい目にあったことがある。
四、五年前のことだ。
軽井沢の町をぶらぶら散歩していたら、電信柱に、映画の広告が出ていて、そこに四つん這いになって何かを窺っている男のポスターがあり、

「夜ばい虫、主演、遠藤周作」

と書いてある。私と家人とはびっくり仰天して、よくよくそのポスターをみると「夜ばい虫、主演、武藤周作」と書いてあるのだが、「武」と「遠」という字は遠くから見ると同じように見えるものだ。あとの三字は全く同じだから、私の知人は私と間違いかねないのである。

情けないことには、そのマギらわしい私の名に似た芸名の上に、実に下品な夜ばい姿

をした男の写真がのっていたことである。

もちろん、その武藤周作氏が私の名から芸名を考えたのか、どうかわからないし、私にはそれに文句をつける権利はない。

さりながら、その夏、一週間の間、私は軽井沢の町を歩くのが恥ずかしくてならず、家にとじこもっていた。東京に戻って友人に話すと、武藤周作氏はピンク映画では名の売れた俳優だそうである。

第三章　短気をなおす法

夫婦喧嘩のときの屁理屈

夫婦喧嘩は犬も食わぬという諺があるが、お互い、考えてみれば、実にツマらん、アホらしい動機でわれわれは夫婦喧嘩をしているようだな。

友人の和辻君が、ある日、憂鬱そうな顔をしているので、どうした、とたずねたら、やっぱり奥さんと喧嘩したと言っておった。理由を聞いたら、実際ばかばかしくなったよ。彼の家の台所で突然、買ったばかりの魚がなくなった。和辻君はのら犬のしわざだと言い、奥さんは隣りのネコが盗んだのだと言い、意見が対立しているうちはよかったが、それが段々とスサまじい口論になってしまった。他人が聞けば、実にアホらしい話だが、われわれの夫婦喧嘩もたいていはこういう実にツマらんことからはじまっていることが多いんじゃないかと、つくづく反省したよ。

しかしなぜツマらんことが夫婦の間では喧嘩の種になるか。友人同士、他人同士なら笑ってすませられることが夫婦の間では口論となり、ののしりあい、あげくの果ては「コンな憎らしいやつは世の中におらん」と夫は考え、「ああいやだ、いやだ。こんな男となぜ結婚したんだろう」と妻は思うようになるのか。そいつを今日は君とじっくり考えてみようじゃないか。

そりゃ、君のほうにも色々と言い分のあることはわかるよ。こちらも男だからわがままだ。勝手なところもあろう。しかしそれはそれとして、夫の言い分も聞いてくれないか。

夫婦喧嘩の際、ぼくがいちばん閉口するのは、女の理屈というやつだ。いや、もっとハッキリ言うと理屈にならん理屈だ。

ぼくの観察によると、男の理屈と女の理屈とはもともと本質的に平行線の部分があって、時には永久に交わらないのではないかしらん。

というのは、君は——いや君だけではなく世の中の大半の細君は——夫婦喧嘩となると、どうやっても勝とうとする。なにがなんでも夫を言い負かそうとする。その時は理屈のすじ道も論理の正しさもあったもんじゃない。

この際、細君が使う戦法は三つある。一つは部分をことさらに拡大して言う言い方であり、第二は論理の飛躍であり、第三は過去に対するおそるべき記憶力の駆使によって、強引にそれを裏づけようとすることだ。

話が理屈っぽくなったから、わかりやすく言わせてもらおう。

部分を拡大する細君の言い方とは次のようなものである。

「あれほど遅くなるなら電話をかけてくださいと言ったのに、なぜかけてくださらないんです。こっちは自動車にひかれたんじゃないか、なにか事故でもあったんじゃないかと十二時まで起きていたんですよ。寝床にはいったのは十分前なんですから。ウソだと思ったらこのシーツをさわってごらんなさい。まだ温かくなっていないでしょう。そうやって毎晩心配させて、あたしが病気になっても、あなたは知らん顔なんですね。どうせ、そうです。やがてあたしが病気になってひとりぽっちで寝こんでも、あなたは平気な顔をしてお酒を友だちと飲んでられるんですよ。そしてあたしは寒々とした部屋で、だれにも看病してもらえず死んでいくんですから……」（このあたりで、その未来の部

屋の情景がはっきり浮かぶらしく悲しくなって涙ぐむ）

電話をかけなかったということが、いつの間にか細君の論理の中では、飛躍して自分が病気になってもほうっておく亭主というイメージにまで拡大されていくのに注意されよ。

さらに彼女は言う。

「そしてあたしは寒々とした部屋でだれにも看病されずに死んでいくんですから。要するに、あなたは口でうまいことを言っても、私に一回だって思いやりをかけてくれたことがないんですから」

「そんなばかなことがあるものか」

たまりかねて夫がうっかり抗弁しようものならたいへんである。なぜなら細君はこういうとき、彼女の持っている強力な武器——つまり先ほど言った過去に対する恐るべき記憶を駆使して夫をねじ伏せてしまうからだ。

「そうですか。本当にそうですか。なら申しあげますけど、あなたは四年前の結婚記念日に、あたしと出かけるって約束しておきながら多田さんと飲みにいったじゃありませんか。少しでも思いやりがあれば、ああいうことはできないはずです」

「あれ……あのことは……もうアヤまってすんだじゃないか」

「それなら二年前の十二月十五日はどうです。夜中に私が腹痛を起したのに、医者も呼んでくださらず、トンプクでも飲んどけ、と言ったきり眠りこんでいたじゃないの」

「それも、もうわびた過去のことだろ」

「去年の三月八日のことを言いましょうか。あなたは……」

「ああ助けてくれえ……」

こういうふうに過去に対する細君の記憶力のよさを見ていると、ぼくら男性には、女というものが牛のように見えてくるのだ。女はなにか仕事をしながらも、牛が胃袋のものをもどしてはたべ、もどしては反すうするように、過去の出来事をたえず反すうしてかみしめているのではないかしらん。

暴力をふるう夫というのがいる。もちろん暴力というのはよくないが、彼らの十パーセントはおそらく細君と口喧嘩をはじめたとき、彼女たちの理屈にならぬ理屈に言い負かされ、思わず手が出るのではないだろうか。問答無用というのではなく問答がとても成りたたぬからついカッとして手を出してしまうのだろう（男というのはその点、まだ小児的である）。

だからぼくは君に提案する。われわれ夫婦は決して二宮尊徳先生ご夫妻や孔子夫妻とは違うのだから喧嘩せずにはいられないだろう。喧嘩はじっと黙りこんだ冷戦よりまだマシな気がする。

しかし、なにがなんでも相手に勝とうとするのはお互いやめようじゃないか。ぼくも他の人とは決してそうではないのに、君と喧嘩をするときは不思議に「どうしても勝とう」とする。君もぼくを強引にねじ伏せようとする。思えばこれこそ、まさに小児的だ。今日からは、この点にまず注意しあおうよ。

短気をなおす法

私ははなはだ恥ずかしい話であるが、むかしカンシャク持ちであった。つまらぬことにもすぐ短気を起してしまう。自分でもいけないと思いつつ、すぐ大声をあげる悪い癖があったのである。

小学校の時、木村重成のことを学校の教科書で習い、世の中にはこういうカンシャク持ちでない人間もいるのかと感心した記憶がある。感心したのはいいのであるが、感心するだけで性格の方は一向よくならぬ。

世の中に出るようになっても、この短気のため、随分、みぐるしい損な始末になったことがある。

この性格が今日、幾分でも治ったのはアランという仏蘭西の哲学者の本をよんでいる時、その中に「怒りというものはその動作によって倍加される。我々は怒って手をふりあげるというよりは、手をふりあげたためになお怒りが倍加するのである」という一節を見つけたからである。

アラン先生にそう言われてみると、なるほど子供に怒って手をあげるが、手をあげることによって、ますます怒りの感情をつのらせている。私も腹を立てて声をあげるが、大声を立てることによって、かえって腹の立ち方がさっきよりも大きくなっていることに気がついた。これは女の人の怒り方をみているとよくわかる。女の人は怒るとよくわめき、よく泣くが、わめいたり泣くことによってますます、自分を興奮させ、自分の感情に火をつけているのである。

なるほど、そうか。私はその後、腹が立っても、これは持前の性格だから治しようがないが、大声をあげるかわりに、ひくい声をだすことにした。アラン先生のいう通り、自分がその時、つまらんことで腹を立てていることが、このひくい声を出すことによってわかるから妙であった。

今では私は夫婦喧嘩の時でも、妻に一方的に言わせて、だまって項垂れている。妻の声を聞いているふりをして、心の中で東京から名古屋までの駅の名を思いだしている。トウキョウ、ヨコハマ、オダワラ、シズオカ、ベントウ、ベントウ、ベントウにお茶。

夫婦喧嘩はすぐおさまる。

私と唄

私は音痴である。当人がそれを認めるのだから、これほど確かなことはない。滅多に唄を歌うことはないが、時たま酔っぱらって声をはりあげていると、家人はそれは何ですかと真顔できく。

いつだったか、三浦朱門が私の歌を聞いてびっくりし、世にこんな音痴はいない、お前が歌っているのを聞いて、それが何の歌かわかる者がいたら賞金を出していいと言った。そこで彼とバーに行き、ホステスたちに聞いてもらったら、一人たち、二人たち、全員いなくなった。彼女たちは店の外に出て、腹をかかえて笑っていたのである。

とはいえ、私はこれでも子供の時、ヴァイオリンを習ったのである。私の母は、今の芸大、当時の東京音楽学校のヴァイオリン科を卒(お)え、後にモギレフスキーの弟子だった女であるが、私にもヴァイオリンを教えようとして、小学校二年の時から私に無理矢理にボーイングを習わせた。

キーコ、キーコと毎日、近所も戦慄するような音をたてていたが、母の姿が見えなくなると、たちまちにしてヴァイオリンの弓をチャンバラの刀に早変りさせたものだから、糸は切れて見るも無残なものとなってしまった。そして二度と母はヴァイオリンを教えてはくれなかった。

中学三年の時、ピアノでも弾くべいと思って母の友人の女性のところに通った。しかしバイエルの最初の本も終えぬうちにやめてしまった。

以来、いかなる楽器もいじったことはない。

それから歳月がたち、二年ほど前のある日、何げなくテレビを見ていたら、素人が作詩、作曲したものをプロが歌って、それを採点する番組がうつっており、その審査員に曾野綾子さんが加わっている。

私は曾野さんに電話して、

「ぼくも応募しようかなア」

と言うと、

「しなさいよ。そして作曲はうちの亭主（三浦朱門）がしたら面白いわよ」

と言う。

三浦ものり気で、もしこの唄と曲とがヒットして、どこかのレコード会社が買いに来たらどうしようと、二人でそのレコードの印税まで計算しはじめた。そして万一、印税がたっぷり入ったら、もう小説など書くのをやめ、プールのある家を作るかもしれぬなどと夢のようなことを語りあったのだった。

私は半日かかって『中年男の唄』という作詩をした。それは次のようなものだ。

女房よ　俺をバカにすな
結婚以来　二十年
だれのおかげで飯がくえ
だれのおかげで子が生めた
（繰りかえし）

あんまり　俺をなめとると
俺はこの家　出ていくぞ
出ていくったら出ていくぞ

息子よ　俺をバカにすな
ニキビのはえた　その面で
自分ばかりが　日本を
わかったような口きくな
（繰りかえし同じ）

娘よ　俺をバカにすな
ステテコはいて　なぜ悪い
今にお前のムコさんも

きっとステテコ　はくだろう
（繰りかえし同じ）

どうです。飲屋で歌うのにいい唄でしょう。私はこの唄は必ず全国にヒットすると思うのだが、いまだレコード会社からは何とも言ってこぬ。どうしたわけじゃろか。

モテる者とモテざる者

いつだったか、石原慎太郎氏と安岡章太郎氏と四国に旅行に出かけたことがあった。当時、石原氏はまだ政治家になることを考えていない頃だったと思う。

彼と講演に行った先輩から、

「あいつと地方に行くと、スゴく、あいつはモテる」

という話を聞いていたが、実際、共に旅行してみると、

「あッ、慎太郎」

「慎太郎だ」

街を一緒に散歩していても、店員が外に走り出てきて、好奇心と憧れのまじった眼でじっと見るのである。特に女の子などは電気ショックにかけられたように立ちどまり、

口をあけ、放心したようにふりかえる。

「ああ、慎太郎」

「慎太郎だ」

とささやく声がするということは、必然的に安岡章太郎や私にたいし、

「あッ、章太郎」

「狐狸庵だ」

という声が全く聞えないことなのであって、この点はよろしく御想像、いただきたい。

私たちは、ある夜、海の匂いのする港町に到着したが、宿で食事をしてバアに行こうとした時、私は石原氏にこう言った。

「どうも、あなたばかり、あちらの町、こちらの市でモテてモテて、今日まで三日間、すごしてきたようです。今夜はひとつ、私たちがモテるようにさせて頂けんかな」

石原氏は人なつこい笑いをうかべて、どうぞと言われた。

「そこで、今からバアに行くが、安岡を社長にし、私が専務になる。あなたは我々の若い社員ということになってほしい」

安岡氏もこの案は双手をあげて賛成した。私は通りがかりの人にこの町であまりパッとしないバアの場所をきいた。けだし、パッとするバアには石原慎太郎ファンのホステスがいて、彼女が同僚に宣伝してまわる危険があったからである。

海の塩からい味が壁にしみこみ、電燈に赤いパラフィン紙をかぶせたような、物淋しい、憐れな酒場をやっとみつけた。女の子が三、四人、ラーメンを食っていて、すり切れたレコードが流行歌をならしている。望み通りのバアだった。

安岡氏と私とは、ゆったりと椅子に腰かけ、石原氏は畏(かしこ)まって坐った。社長と専務、そして若い社員がやってきたという演出である。

「ああ、君、ビールを三、四本、注文したまえ」

と我々は石原氏に言った。

「はい」

と彼は答えた。

「ああ、君、なかなか風流な店だな」

「はい、社長」

にもかかわらず、ホステスたちは我々よりも若い社員（の筈の）石原氏のほうにだけビールをつぐ。我々に一度、向うに三回という率である。我々には義理で話をするだけだが、若い社員の彼には眼をかがやかせて、話しかけるのだ。

「こちらさん、ハンサムねえ」

と一人がたまりかねたように言った。

「なあに、まだ月給は安いのさ。なあ、君」

「はい、社長」

「月給が安くても、ステキだわよ、ねえ」

一時間後、我々は宿屋に戻ったが、宿の布団はうすく、ゴミと海の匂いがした。それを頭から引っかぶり、ふてくされて私は眠った。

その点からもツラツラ考えるに、世には「持てる者」と「持たざる者」のある如く「モテる者」と「モテざる者」があり、モテる男はクシャミをしようが逆立ちしようが、女性を魅了し、うっとりとさせるにたいし、「モテざる者」はおどろうが、はねようが、女は阿呆くさ、という顔をするにすぎん。

畏友、吉行淳之介は最近、元気がなく我々友人を案じさせてはいるが、四、五年前は銀座の酒場のホステスで吉行を素敵だと言わない女はまず、いなかったであろう。

実際、友人の私から見ても、ほんのりと酔った吉行の眼には何ともいえぬ色気があり、彼の女のあしらい方は実にみごとなものだった。嫌味がなく、あくどくなく、私など横でみていても、ウマい、と思うこと、幾度ならず、あったほどである。

ある料亭で、芸者がおどってくれたあと、席に酌にきた。私はその時、モテるために吉行の真似をしてやろうと考えていると、彼は横に坐った芸者としばらく話をしていたが、彼女が足袋と足くびの間にあるすわりダコを何かの拍子にみせた時、すかさずそのすわりダコを軽くなでるようにして、

「苦労したのオ、君も」

と、しんみりと言った。

途端にその芸者が上眼づかいに吉行をじっと見あげた。吉行の思いやりのこもった一言が彼女にジインときたのであろう。

私はそれを横眼で窺っていたから、

（これだ。この手だ）

と思わず、心中で叫んだ。

そして、隣りにいた中年ぶとりの芸者の足首をみると、すわりダコらしき痕がある。手をのばし、その部分をなでながら、

「苦労したのオ、君も」

と（しんみりのつもりで）呟いた。

途端にその中年芸者はイヤな顔をして、

「デキモノの痕ですよッ」

と叫んだ。何ということであろう。

「モテる者」と「モテざる者」とは同じことをやっても結局、このように違うのである。そして「モテざる者」は生涯、何をしてもモテぬのである。

吉行の有名な言葉「膝なで三年、尻八年」というのがある。バアなどでホステスの膝を嫌味なくなでるには三年のバア通いがいるし、ましてその尻を嫌味なくなでるには八年の修業がいるというわけだ。

そういうことを思いだしながら、酒場のボックスに坐っていると、同じようなことに気づく時がある。

それはバアに入ってくる瞬間の紳士諸君の雰囲気である。今日まで私の見た限り「サマになった」入り方をする客は百人中、二人か三人であろう。

ほとんどの客はバアの扉をあけて中に足を踏み入れ、席につくまで「カマえる」のである。正直にいうと、俺は村中で一番……という表情と身ぶりをするのである。ほかの客より、俺は上客であるという恰好を無意識でするのである。そうしてみると、嫌味なくバアの扉から席まで歩けるようになるには八年かかると思っていいのであろう。

それにしても近頃のホステスは率直すぎる。いつか作家の三浦朱門と酒場にいったら、若いホステスがあまり無愛想なので、三浦が、

「何を考えているのだね」

ときくと、自分の恋人である客が早く店に来ないかと考えているの、とハッキリ口にした。三浦は仕方なく、

「なあ、君。考えてもみろ。この男も俺も金を払っている客だぞ」

とたしなめると、

「だから、横にいてあげるんじゃないの」

と答えた。私は思わずふきだした。

しかしモテない男は必ずしも悲観する必要はないのであって、モテないなら、モテないということを自分で認めれば、そこから利点も生れるのである。

第一、気どらずにすむ。私などバアへ行っても気どらなくてすむし、ホステスが寄りつかないから、彼女たちに飲まれずにすむ。

いつか、あるバアで美男俳優の某君が来るとワアとホステスが周りに寄っていった。ワアと寄ってこられれば彼女たちにも何か飲ませなければ見栄の上から仕方があるまい。私など、ホステスが横に坐っても、なかなか飲めと言わない。のみならず、連れを伴ってそのバアに行った時などは、その店のママやホステスに聞えるような大声で、

「この店は実にいい店なんだ。君もたびたび来てくれ給え。この店のいいところは、他のバアと違って、ホステスが飲ませてくれと言わないんだよ。ママのしつけが良いんだね。ママも立派なものだがホステスも感心なものだ。東京でピカイチだ。陸軍大将のよ

うな店だ」

そうすると向うも黙ってしまうのさ。モテないのを覚悟すればこのくらい何でもない。この手はほかの時にもできるので、私は神風タクシーに乗ると、

「うまい」

と必ず叫ぶことにしている。

「君、さっきから運転をみているると実にうまいな。年季を入れたんだろ。その運転は」

「そうでも……ないすよ」

向うは苦笑している。

「いや、そうではあるまい。今まであまたタクシーに乗ったから、ぼくにもわかる。安心感がある。落ちついた感じがする」

そうすると、あらあらフシギ、運転手が静かに運転してくれるようになるから君たちも実行してみたまえ。

もっとも、なかにはタチの悪いのがいて、

「うまい。年季を入れた運転だな」

とこちらが叫んでも、ムッとした顔で黙っている。

「今まであまたタクシーに乗ったが君の運転には安心感がある」

「………」

「運転に落ちつきがある」

「………」

「ほかのタクシーと実に違うな」

「………」

こういう手合いのタクシーに乗ったら諦めるより仕方がない。

さて自分を「モテざる男」とわかったら、家に戻って、俺はモテて、モテてと吹聴したまえ。

始めは君の女房はふしぎな顔をするだろう。それから一寸ヤキモチやいて嫌な顔をするだろう。それでも君はモテてモテてと具体的に女房に自分がいかに女にモテたかと並べたてたまえ。これが第一段階。
三、四カ月、それを続けたら、やはり君と同様に「モテざる」友人を君の家に呼び、女房と彼の前で、俺はモテるな、実にモテるだろうと話をしたまえ。

君の友人はおそらく変な顔をするだろう。変な顔をしたら君は一寸、座をはずしてトイレにでも行くふりをするのだ。その間、君の女房と君の友人の間に次のような会話が行われる筈である。

「うちの人……本当に外でモテるんでしょうか」

君の友人は苦笑して、

「奥さん。こう言っちゃ失礼だがね、彼はホラを吹いているのですよ、モテません。全くモテませんよ、あいつは」

これで女房は全く安心する。君がその後、モテて、モテてと言っても、うす笑いを浮かべ、君のモテ話を信じなくなる。ここがツケ目なのさ。

このあと浮気を本当にする。浮気をして帰宅したら、今日はモテたと叫びたまえ。女房はうす笑いを浮かべ、へえ、そうですかねえと言う。絶対に君の行動を疑わない。頭は使いようだね。

自動車の運転を習う

八年前、今のようにネコもしゃくしも自動車を動かさなかった頃、車を習いに行ったことがある。それを三日でやめてしまったのは、いっしょについていった愚妻のほうが進歩するのに、私ときたらどならればかりいたためである。

ノロノロとおっかなそうに車を動かす私に若い指導員は軽蔑した口調で「人生には勇気が必要なんじゃないかね」と言った。私は車の運転を習いにきたのであって、人生について教えられにきたのではない。イヤになって翌日から、もう行くのをやめてしまったのだ。

その八年の間、友人たちはどんどん車を運転するようになった。相も変らず女房に運転してもらって、うしろで小さくなっている男は安岡と私だけである。

女房に運転させると便利なこともあるが、おおむね屈辱的である。便利な点は夫婦喧嘩は車内に限るということだ。女房はハンドルを握っていねばならないから、うしろから私に頭をブンなぐられてもたたきかえすことはできない。

屈辱的なのは車が途中で故障した時で、そんな場合、家内が泥まみれになって修繕しているのに、夫の私は電信柱のかげに人目につかぬよう、かくれていねばならぬ。あれはやはり恥ずかしい。

今一つ、女が車を運転しはじめるとことばが非常に悪くなる。向うから来た自動車がちょっとしたミスをしただけで「ばか野郎」とか「このトンマ」とか叫ぶ。それがじゃりトラックのおっかない運転手でも平気で叫ぶ。

もし彼が「なにィ」といって車をおりてくれば、相手をせねばならぬのは、結局、男の私だから、そんな時私はそっぽをむき、できるだけこの女と自分とは全く関係のない人間であるという顔をせねばならぬ。

そんなわけで私はもう一度車を習うべきだといくども考えた。しかし昨今の交通事情を考えると運転はやはりこわい。特に東京も世田谷あたりの道はとても自動車の通れる道ではないのが多い。

先だってもタクシーの運転手にきいたのだが、彼の車は前方の八百屋でかがみこんで買い物中の女性の大きなおしりのため進行できなかったそうだ。たまりかねてブーブーと警笛をならすと向うのおしりもブッブッと鳴ったと言う。

だが五年前、東京から一時間半もかかるいなかに移ってから私は車を運転せねば困るようになった。ちょっと、東京に出てタクシーに乗ってもかなりの代金をとられる。迷っている時に教習所ができた。

ともかく、習うだけ習っておこう。本当にやるかやらぬかはその後、考えようと思った。こうして練習が始まったのである。

だが年齢をこれほど感じたことはない。若い連中が一回でできることも三回かかる。指導員は昔とちがってずいぶんやさしくなったが、それでもたまりかねてか、絶望的な溜息を横でもらす。私が一番辛いのはこの溜息をきくことだ。「アーアー」と彼は言う。

「アーアー、いくら教えたらわかるのかなあ」

私は東京に行くたび右往左往する車の列をみてなぜこんなに皆がじょうずに車を走ら

せられるのか、ふしぎでならない。車を動かせる人には脱帽して敬意を表したいような気持におのずとなってしまう。

もっとも、先日、三浦朱門が遊びにきた時、法令の問題集をふたりでやってみたら、私は九十点、彼は四十点だった。運転歴十年の男でこんなのだから、昔の免許はきっとやさしかったのだろう。三浦は吉行や阿川だって、みんなできぬはずだとくやしそうに言いながら逃げ帰っていった。

日本人と結婚した外国人女性

日本人と結婚している英国の女性から話をうかがった。

とても魅力的な女性で腹蔵なく御自分の日本体験や国際結婚について語ってくださった。

彼女は日本の夫たちが妻と行動を共にしないことが最初は解せなかったようである。一般的に日本の夫は会社の帰りの「同僚とのつきあい」は大事にする。しかし妻をつれて食事に出かけたり、外で酒を飲んだりすることはきわめて少ない。

これはこの英国夫人にとっても「理解できない」不満だったようである。彼女は初め英国人夫婦の生活がそれと全く違うことを考え「一人で家の留守をしている」ことがとても寂しかったと語っていた。

「外国にいる時、日本人は陽気で明るい。それなのに日本の会社に戻ると暗いムッツリした顔に変る」

と彼女はジョークをとばした。

「あなたがもし生まれ代ったら、日本人とまた結婚したいですか」

という私の冗談に彼女は
「オー、ノー」

と笑った。

とても楽しい対談だったが、私は彼女の不満は別に英国女性でなくても多くの日本人の妻が持っている不満だろうとあとで思った。

私の考えではその原因のひとつは日本の会社の雰囲気である。

私の若い友人たちは毎日、会社に午後八時ぐらいまで残っている。

「残業手当がほしいからか」

ときくと、

「残業手当など出ません」

「じゃ、なぜ会社に残るんだ」

「みんなが残っているからです。一人だけ帰れない雰囲気なんです」

日本の組織のように個人プレイよりも組織そのものの和（この意味がむつかしい。調和と訳すべきか）を大事にする世界では、おのずとそこから勝手な行動はできない雰囲気が作られる。

日本人会社員で十人の責任のある仕事をしている人にたずねると、家庭で夕食を家族と共にするのは多くて週に二回という。

「せめて日曜ぐらい家庭サービスをしたいんですが……」

その日曜日はつきあいのゴルフがあって……。

最近、日本人の老夫婦の間に離婚がふえてきた。それは夫が停年になって仕事から離れると、今度は妻にすべて寄りかかってくるからだそうである。今まで妻の相手を一向にしなかったくせに、老いて体が弱くなると妻に頼ってくるのが彼女たちの怒りの原因になる。

もっとも離婚したある老妻がその理由を次のように説明した。

「夫はマジメで、毎日、六時には必ず帰宅しました。六時になると彼の戻ってくる靴音が聞えました。私は四十年間、同じ時刻にその靴音を聞いたのです。もうたくさんです」

本当に結婚生活はむつかしい。

不器用な愛情表現

『伴侶に先立たれた時』（春秋社刊）というゲーテン神父と重兼芳子（しげかねよしこ）さんの編集した本を読んだ。

どんな夫婦でもいつかは死という事実と直面しなければならない。そして二人が同時に死ぬことはできないから人生の「伴侶に先立たれる」日が必ずくるのだ。

この本のなかに精神医学者の大原健士郎氏が紹介されているさまざまの夫婦のその日の感想が掲載されている。

癌で死期を覚悟した夫は妻にこう言う。

「何も言わなくていい。オレたちは夫婦なんだ。言わなくてもわかっている。オレはね、今度、生まれ代ってくる時もお前と一緒だよ」

夫は冗談めかして言ったつもりだが妻は嗚咽した。「私もよ……」

こういう一文を読むと私の心にはジンと響くものがある。

また癌で父をなくした娘は父の思い出としてこう書いている。

「病室から見わたされる山々が色づき始めた頃、父は不帰の人となった。その直前に母に『ボクらはまあ、いい夫婦だった』と言ったそうだ。『まあ』などという、あいまいなものが付いているが浪花節調を嫌う父にしてみれば、この言葉は母にたいする最高の愛情表現だった」

多くの日本人の夫は「ボクらはまあいい夫婦だった」としか言わないが、その奥に妻にたいする感謝と満足をこめているこの表現にうなずくだろう。

よく日本人の男は妻にたいする愛情表現が不器用であり下手だと言われている。たしかに外国映画などをみていると、外国の夫は気のきいた台詞や妻の悦びそうな言葉を乱発する。

しかしあれは乱発だ。お金とおなじように礼も乱発すれば価値がなくなる——と私のような純日本人型の男は口惜しまぎれにそう思う。

だが自分がまさに死ぬ前に、

「ボクらはまあ、いい夫婦だったね」

と言った男の言葉は華やかではないが、実に千鈞（せんきん）の重みがある。

更に、

「今度、生まれ代ってくる時もお前と一緒だよ」

という言葉は百や千の気のきいた愛情表現よりも百倍も二百倍も価値がある。

私は正直いって、ベタベタしている夫よりも、この二つの例にあるような夫のほうが好きだし、自分の感覚にもあう。

もうひとつ書いておきたいことがある。

まさに伴侶と永遠にわかれねばならぬ時、右のような言葉を言える人にはたとえある宗教を信じていなくても非常に宗教性があると私は思うのだ。

宗教者とはある教団に属し、ある特定の信仰の対象をきめていることであるが、そういう団体に属さなくても多くの日本人の心のなかには宗教性がひそんでいる。

なぜなら右にあげたような言葉は頭から出たものではない。知恵や心から出たものでもない。それは夫と妻とがたがいに魂から語りあった言葉なのだ。

魂から出た本当の、本気の言葉を永遠の別離の前に伴侶者にたいして口に出せる人は既に宗教性を内面に持っているのだ。そして私はそのような人は必ず、やがて伴侶者と天国にいると信じて疑わない。

第四章　医者を選ぶも寿命のうち

医者を選ぶも寿命のうち

医者を選ぶも寿命のうち、という言葉がある。病気だけは人後におちずにやった私は今、つくづくこの言葉を本当だと思う。

読者の皆さんの大半は、現在は健康でいらっしゃるだろう。だからこの言葉にあまり関心がおありではないかもしれぬが、身内のなかに、あるいは友人のなかに病人が出たら、あるいは御自分が将来、病気にかかられた時は「医者を選ぶも寿命のうち」という言葉を必ず思いだしていただきたい。

行きあたりばったりに医者にかかってはいけない。というのは、その医者にかかったために病気が長びいたり、ひょっとすると悪化することは大いにありうるからである。

まず次のことを知ってもらいたい。

たとえば内科の医者というと、内科の病気なら何でも治せるとお思いかもしれない。しかし、内科にもそれぞれの分野がある。呼吸器関係の病気も内科なら、循環器系統の病気も内科である。最近の医学はますます専門化し細分化してきたから、呼吸器を勉強した医師が循環器の病気についてそれほど知っているわけではない。それはちょうど国文科の教師が英文学に通じていないのと同じようなものになりつつある。

だから自分の病気が肝臓なら、肝臓を専門にしている医師にかかるべきであって、呼吸器病を得意とする医師に行くべきではない。

そんなことは言われなくてもわかっている、と皆さんはおっしゃるかもしれない。しかしいざ病気をすると、このわかりきった事を我々は実行しないのである。

というのは、日本の医院や病院では、担当医師が何を専門に習得したかをはっきり表明していないからだ。大病院に行けば、内科とか皮膚科の区別はあるが、その日の担当医が何を専門としているのか外来患者にはさっぱりわからない。患者は偶然、その当日に診察に当っている医師に治療を受けるのである。その医師が親切に専門医と相談してくれるなら話は別である。しかし必ずしもそうはいかない。

むかし私は肝臓を悪くした事があった。毎月、必ず検査を受けていた。ある時に突然、検査数値が高くなって入院をした。そして入院中の私の担当医はひたすら安静を命じて寝かせたのである。一カ月後、数値は安静のためにさがり、私は退院ができたが、社会生活をはじめると、数値はふたたびあがりはじめた。

私は必死になって肝臓に関する勉強をした。医学的というよりは、どこの医者が肝臓をよく治しているか、とか、漢方で肝臓は治らないかを四方八方に手をのばして調べた。その結果、肝臓には現在のところ絶対的な薬はないが、しかしかなりの効果をあげる治療法のあることや、また漢方でも良薬のあることを知ったのである。おかげさまで私は専門医をたずね、これらの治療法によって安定した。

私は入院の時の担当医を怒っているのではない。その人はよくやってくれたが、しかし彼が別の専門の医者だったために、私が後に調べたような治療法を、その時よく知らず（というのは彼と私とは何度も何度も話しあっていたから、彼のその点の不勉強が後になってわかったのだ）、そのためその後も一年ほど無駄な時間を送ったことが自分にたいしてやはり残念なのである。はじめから私が肝臓の専門医を調べて相談すべきだったとつくづく思っている。

自分のこのような無智をさらけ出すのは、ついこのあいだ、皮膚病の女性が内科の開業医に行って治療を受けようとしたのを見たからだ。

「あそこは内科医じゃないのですか」

と私がびっくりしてたずねると、

「でも看板に内科、小児科、皮膚科と出ていましたよ」

という。

私は医院の看板の見かたを彼女に説明した。医院の看板ではいちばんはじめに書いているのがその医師の専門であって、最後のはつけ足しである。看板に内科、小児科、皮膚科と書かれていたなら、彼の専攻は内科学であり（更にその内科学で何かを特に勉強したのだろうが、それは患者にはわからない）、皮膚科ではない。皮膚科はおそらく医学生としてひととおり習ったにすぎないのであろう。

だからその看板の医院に皮膚病の治療に行くのは悪いとはいえぬが、ベストなやりかたではない。皮膚病はやはり皮膚科の専門医にみてもらうのが、はるかによいと私は思っている。そのほうが薬も豊富だし、色々な治療器具も揃っているからだ。

右に書いたような一寸した智識を心得ているだけで、我々は行きあたりばったりに医者にかからなくなる。近所にある医院だからといって利用するのはもちろん結構だし、近くのお医者さまゆえに何かと便利な面もあるが、内科の医者ならどんな病気でも治療法を知り尽くしているなどという盲信だけは捨てたほうがいい。良心的で親切な医者なら、自分の手にあまる時は専門医に連絡をとって紹介をしてくれるが、そうでない時はあなたが自分で良医を見つけるべきなのである。

第二に病院に通ってもなかなか治りにくい時は、視点をかえて漢方医の門を叩くこともよい方法である。医者のなかには、勉強もしないくせに漢方薬をはなからせせら笑う人がいるけれども、心ある西洋医のなかには最近、進んで漢方薬を勉強している人も少なくない。その効果があらためて見直されつつあるからだ。

ただ、この時注意しなければならないのは、自分で漢方薬を買ってそれをのんだりしないこと。これは絶対に気をつけねばならない。

それは漢方の場合、同じ病気でも体質によって薬が違う。肝臓に柴胡(さいこ)が効くときいてその錠剤を勝手に買ってのんでいる人がいるが、これは危険である。患者の体質によって柴胡系でも色々の薬を使いわけて服用させるのが漢方の方法であって、山田さんに効いたから小野さんに効くとは限らないのである。

漢方は必ず漢方専門の医者の診察を受け、その処方によって使うこと。「サジ加減」というが、本当にそのサジ加減によって効果が半減したり、完全になったりするのが漢方なのだ。

漢方薬のおかげで長年、通院して治らなかった病気から解放されたという病人を私はたくさん知っている。逆に漢方薬をあやまって使ったため、病状を悪化させた例も知っている。

「医者を選ぶも寿命のうち」という言葉は実に含蓄のある言葉だ。長いあいだ、日本ではなぜか医者が「診(み)てやる」的な傾向があった。

しかしこれからは、患者が良医を選んで「診察してもらう」時代になっていくことを忘れないように。

怒らない薬

四十にして惑わず、という言葉があるが、悲しいかな、煩悩多きわが身は明鏡止水（めいきょうしすい）の境地には到底なれそうもない。

私は決して畏友の作家阿川弘之氏のように瞬間湯沸かし器の性格ではないので、小児的に怒鳴ったり、爆発したりはしない。むしろ、癪（しゃく）にさわることがあっても、グッとその感情を圧（お）し殺して、胸中にのみこむような男である。

だが、ストレスがたまる。若い頃には夜など、眼をさましてはその日にあった口惜しかったこと、不快なことを思いだして、なかなか眠れぬ事が多かった。

これではいけない——。

そう思った。そこで、修養というわけではないが、色々と考えた。本も読んだ。

阿川弘之氏に相談すると、阿川氏は同じ作家の吉行淳之介氏がなにごとに対しても、

「ああ、有難い、有難い」

という言葉をつけ加えて口で唱えるとよいと言っていると教えてくれた。

たとえば財布を落としても、

「ああ有難い、有難い。財布を落としてムダ使いをせずにすんだ」

と何度もつぶやく。離婚騒ぎになれば、

「ああ、有難い、有難い。これであのクソ婆あと顔つきあわせずに毎日が送れる」

こういう風に自らにいいように考えて「ああ、有難い、有難い」と言うのである。

阿川氏にこう教えられて（教えた彼自身はこの立派な方法を一向に実行せず、相変わらず小児的に怒鳴りまわっているが）、私はなるほどと感心して、しばらく実践してみた。

しかし、これはどこかに無理がある。無理があるから、やはり本心で有難い、有難いという気持にはなれない。いつの間にかこの方法もやめてしまった。

次に実行したのが私の人生でつかんだ理屈のひとつ――マイナスのなかにもプラスあり、プラスのなかにもマイナスありという考えの実践である。この理屈を詳しく書くととてもこの僅かな枚数では書けないので、詳しくは光文社刊行の『私にとって神とは』というわかりやすい私の宗教論を一読していただきたい（大変にためになる本です。著者が保証しますから、これほど確実なことはないのです）。

たとえばここに口下手がいるとしましょう。口下手をマイナスの性格とすると、口下手はいくら練習してもおしゃべりや話術のうまい人間にはなれないのです。だが口下手というマイナスのなかにはプラスも入っている。それは「聞き上手になれる」というプラスなのです。逆におしゃべりは決して「聞き上手」にはなれません。人と会うとしゃべりたくて、しゃべりたくて、咽喉がムズムズしてしまう。口下手のみが「聞き上手」になれる可能性を持っているわけだ。

このようにどんなマイナス（性格の欠点や、不幸、不運）にもよく考えるとプラス点が入っている。プラスになるエネルギイが含まれているというのが、私の長い人生経験で会得（えとく）したことです。

だから私は毎日の不快なことや面白くないことにもできるだけプラスの点を見ようと努力しました。

イヤな奴にあっても決して憎まない、あいつのイヤな点にあいつのプラスがないかと思おうとしました。神経質すぎる友人にはそのために彼の神経のセンサイさが生じるのだと考えるように努めました。

それ以後、この考えかたは私の人間観や人生観の主柱になっているのですが、しかし、それがまだすっかり身についていてたわけではないので、やはり、イヤな事にあうと反射神経的に不快感が生れるのはやむをえません。

明鏡止水の心境を常時持ちたいものだと願っている矢先にある話を耳にしました。

東京のある心療科のお医者さまが漢方の薬を使って現代人特有のストレスや精神疲労を治されているというのである。その先生はそうしたストレスだけでなく、性格まで漢方薬によって変えられると言っているそうだ。

（本当かな）

悪いけれど、多少、疑問に思うところがあった。私は東洋医学にはかなりの信頼感を持ち、漢方薬を使って病気を治したこともあったが、ストレスや性格改造にまで効果があるとは思えなかったからである。

さいわいにして私は対談の仕事をやっていた。そこでその対談のお客さまの一人として、そのお医者さまをお招きすることにした。

K先生というその医師にお目にかかってみると、誠実な医学者で、私はしばらく話をしているうちに、その言葉を信頼するようになった。このお医者さまももともと怒りっぽかったのだが、漢方薬によってそれを克服したのだと言われる。

一カ月ほどたって、先生の医院をたずねた。

読者も御承知のように漢方医は、病気は同じでも人その人によって対応が違う。風邪をひいてもAさんとBさんでは処方に差があるから、西洋医学の薬のように共通してはいないのだ。また体質をみてもらわねばならぬから、専門家の診断を必ず仰がねばならない。

先生は私の腹部に手をあてて症状を調べた。そして、私に神経を鎮（しず）める薬を決めて渡された。

「これは意外と速効性があって、一カ月ぐらいで効果があらわれます」

と先生は言われた。

「イライラしたり、怒ったりしなくなりますか」

「その筈です」

私は大悦びで家に戻り、一カ月ほどすると「怒らない」人間に変わるだろうと家人に話した。いちばん悦んだのは秘書で、これは安心して毎日、仕事ができると言った。

「阿川君に飲ましてやろうかな」

と私は思った。怒りん坊の阿川弘之氏には、こういう薬が何よりだと思ったのである。

その薬を服用して、二週間ほどたった。

怒らなくなったか。そう言われると怒ることは怒るが、それがすぐ消滅する。イライラすることが少なくなったような気がする。

しかし、まだ「気がする」程度で、朝から晩までニコニコとするまでには至ってはいない。いずれ、成果がどのくらい出たか、はっきりしてくるだろう。それを御報告するつもりだ。

そしてこの薬に限らず、今後も人の知らぬ妙薬があれば私が実験した上でお知らせしよう。なお、読者からもそうしたかくれた良薬をお知らせいただければ幸甚である。

くたばれ敬老の日

九月十五日（木）　晴

敬老の日。一日、執筆、読書。

日中は残暑なおきびしいが、朝晩は秋のわびしい気配が、かすかだが匂いはじめてきた。数日前まではあれほど樹立ちのなかで聞えた蟬の声も、ふしぎなほど消えた。

敬老の日。私も老人の部類に入る筈である。だが誰も（少なくとも家人たちは）敬老の気持を私に抱いてはくれぬ。六十五歳にならねば、老人と言えませんよ、とさえ言う。しかし歯は既に入れ歯を使い、読書執筆には老眼鏡を用い、ルーム・ランナーを使ってマラソンの真似をすれば二分にしてハア、ハアと肩で息をする私は、既に老人である。

「お爺さん、お爺さん。長寿の秘訣は何でしょう」

テレビをひねると、マイクを老人の耳近くにさしだしたアナウンサーが、毎年この日に繰り返す質問をしている。

お爺さんはよく聞きとれぬ声で何か言う。すると、そばにいる長男、もしくは長女が
「アイ、アイ、メエニチ、オサカ、エチゴト、ヘルネヲシマシュ」

それを通訳してくれる。

「お爺さんは、毎日、お酒一合と昼寝をするのが長寿の秘訣だと言っております」

「お酒一合と昼寝。なるほどねえ。お爺さん、もっと、長生きしてくださいね」

「アイ、アイ、エリゲト、ゴジャリマシュ」

「有難うございます、とお爺さんは言っています」

かくて敬老の日は敬老の日ではなく、「長生き秘訣」を老人に聞く日に変じている。

大体、平生から老人をいたわる気持があり、敬う気持があるなら、敬老の日など必要ではない。敬老の日を利用して遊びまわっているのは若者であり、今日だって新宿などでは、敬老の心など糞くらえの若者が、ぞろぞろ歩いているであろう。まったく日本の道徳、麻のごとく乱れておる。

「母の日」なんかも不愉快な偽善の日である。

「お母さん、ありがとう。お母さんのおかげで、ぼくたちは倖せです」

などと子供に作為的な作文を書かせ、花束をおくらせる。そういう集まりの光景をテレビで見ると、言いようのない、白けた気持にさせられるものだ。

あんなことをしなくても、日本の母はみんなから充分、感謝されている。それで充分だ。

しかし医者も長寿の人も共通して言うことだが、大体において長寿の秘訣は何といっても「腹を立てぬこと」らしい。これはとくに阿川弘之老に言ってやらねばならない。この老人は私などより体も大きく、健康に恵まれているのに、些細なことにすぐ癇癪をおこし、満面朱を注ぎ、すぐ怒声を発する。

ズボンのバンドが一穴ふえたら一年、寿命が短くなると言うが、阿川老のようなお方はカッとなるたびに一カ月、短命になっているのである。

いつだったか、この阿川老と酒を飲んでいたら、同席していた若い人が、赤がかった発言をした。スペイン牛は赤い色を見ると怒るが、阿川老の場合も赤を見せるのは禁物で、この時も顔色がサッと変った。

怒りのあまり、眼に泪を浮かべ、

「このような青年が日本にいるとは、米内光政閣下に申しわけない」

と言った。

本日も夜、ルーム・ランナーでマラソンの真似をする。三分でへたばり、犬のごとく口をあけてハア、ハアと息。とても長寿など望めそうにない。

戒食　怪眠　怪便

快食、快眠など、この十年来、味わったことのない私である。まず第一に私は健康人の三分の一しか肺活量がない。その上肝臓はやられ、胃腸も悪い。坐骨と左手に神経痛をもち、肋骨は八本、取られ、蓄膿症(ちくのうしょう)が持病とくると、諸君、快食、快眠など、逆立ちをしたって望めっこないのは当り前でしょう。ちょっと食べすぎればただちに腹痛をおぼえる私は快食ならぬ戒食を医者に平生から命ぜられているし、熟睡して朝、心地よい目ざめなど味わったことがないから、机に向かってもすぐ居眠りをする有様で、寝ても怪しげな夢ばかりに悩まされるから快眠ならぬ怪眠といったほうがいいのである。

朝、目をさます。体のふしぶしはだるく、起きるのも億劫。蓄膿ですから鼻づまりを我慢して洗面所にいくと舌は舌苔(ぜったい)で真白。肝臓がわるいために歯をみがいていても、しばしば吐き気を催す。食堂に入ってまずいクコ茶とあたためた牛乳を噛むようにして口に入れる。牛乳は冷たいのを飲むと腹痛を起すので、あたためねばならぬ。もちろん珈琲なぞは医師から禁じられている。うで卵なども白身をたべると支障があるので黄身だけをすくってまずそうに食う。

女房、子供を養わねばならぬから朝食後イヤイヤ部屋に入り机に向かう。時々、体がだるいので机にうつ伏し、居眠りをしようとする。

昼食は二時頃だが、この時は麦飯とシジミの汁をつけてもらう。いずれも肝臓に負担をかけぬためだ。昼食後、また仕事。七時頃、仕事を終るが、肋骨がないため背中は痛く、冷えると手術の傷痕（きずあと）が神経痛をよび起す。

晩飯だって、油っこいものはなるたけ口にしない。酒は昔はよく飲んだが、今は家庭ではできるだけ避けている。

晩飯のあとは原則として仕事をせずに寝床にすぐ入る。そのくせ寝つきはわるく、一時頃まで眼をあけていて、やがて、寝てはさめ、さめては起き、ヘンな夢が連続して見舞ってくるのである。

カイベンという点でも何もいえない。私は家の二つのトイレを一つは真赤、一つは真黒という趣味のよくない（家人の評）色彩でぬりたくってしまったため、この中に入ると神経がおかしくなるのか、どうも体には宜しくないようだ。その上、我が家のトイレは有名な映画女優さんがお二人も使って下さったので、それを記念して、「この便所は○○○子さんの使用あそばされたトイレです。みなさま、慎んでお使い下さいまし」というハリ札がしてある。三浦朱門が家に来た時このトイレであまり畏まりすぎて一週間、便秘をしたと言っていた。

こんな調子でまア、よく生き続け、どうにか働けるものだと思うが、それでもどうやら一日一日を生きのびているわけだ。これを読んだ方たちは自分のほうがまだ健康であり、自分のほうが快食、快眠、快便を味わっていることを改めて認識されたでしょう。人間なんてポンコツになっても、まだまだ頑張れるという一例をお目にかけました。

見舞のむずかしさ

私の経験から言うと、病人を見舞うということはあれでなかなかむずかしいものである。

友人や知人が病気をして入院をする。するとこちらも心配だから、すぐ駆けつける。しかし、見舞にいったから病人がよくなり、勇気づけられるとは限らない。見舞客がまず第一に考えねばならぬのは自分の感情や立場ではなく、病人の心や立場なのである。自分が見舞いたいという気持ではなくて、病人にとってこの見舞が役に立つか、立たぬかということである。

こういうわかりきったことをクドクドと書くのは、意外と見舞客には自分の気持や立場ばかり考えて、病人や病人の家族の立場を考えぬ人が多いからである。

入院をするというのは大体において病気が悪いからである。医師から言えば、人に会わさずにじっと安静に寝かしておきたい筈である。病人だって熱があったり、苦しいから寝ているのである。その病室に見舞客が訪れれば、病人は眠ることもできぬ。話もせねばならぬ。安静はみだされる。

こんな簡単なことを承知していない見舞客が何と多いことだろう。絶対安静というハリ紙が扉にしてあっても、

「俺は奴と親しいんだから」

「俺は身内と同様だから」

「俺は直接の部下だから」

見舞客は自分だけは患者の家族と同じように病室に入っていい、いや入るほうが愛情の表現であると錯覚してしまう。そしてハリ紙を無視して扉のノブをまわして、体を半分入れ、

「どうだ」

などと聞く。患者としてみれば折角来てくれたのに、無下（むげ）に帰すのは悪いという遠慮

から、つい入れてしまう。そして、熱や苦痛をこらえて、沢山の質問に答え、沢山の激励にうなずき、見舞品に礼を言わねばならぬ。見舞客が来たあと、熱が出たという患者は私の入院時代、いくらでもいた。

第一原則、最高の見舞は入院しても当分は見舞に行かぬことと心得るべし。安静とハリ紙がしてあり、看護婦からそう告げられたら、絶対に患者の部屋に入るべからず。

見舞客の錯覚は見舞に来るのは自分一人だと思っていることである。ウソのようだが本当にそういう錯覚が心のなかにあるのだ。だが患者のなかには入院の頃、日に数人から十人の見舞を受ける人がいる。入れかわりたちかわり、社員や関係会社の知人たちが果物籠や花を持って病室にやってきたため、当人はクタクタになって病状が悪化したという社長さんが私の病棟にいた。あれなどは見舞客がその社長さんを悪くしたのである。しかもその見舞客のなかには二十分も三十分も——場合によっては一時間ちかくも病室で患者と向き合っている。無神経とも何とも言いようがない。

「奴が淋しがっているからさ」

「退屈だろうと思ってさ」

とその人たちはきっと考えたのだろうが、冗談ではない。病人は病気と闘うのに懸命なのだ。たとえ、そうでなくても病人が退屈を感ずるのは恢復期も終りに近づいた時であって、入院当初はそれどころではないのである。病人を見舞うなら長くて十分、普通は五分——病状によっては一分と心得るべし。これは医者の立場から言っているのではなく、患者の立場からの本当の希望なのである。

絶対安静とか患者がまだ良くない時はその家族にそっと会って見舞品を渡すなり、見舞の言葉をのべるのが一番望ましいのだが、そうもいかぬ時は、五分ぐらいで切りあげ、その後、恢復期にもう少し、ゆっくり訪れるのが理想的だと思う。

見舞品といえば果物とか花とかが相場ときまっているが、人によっては果物籠を二つも三つももらうと見舞客に出したところで余るようになり、結局、腐らせてしまう場合もある。

花だって選び方に気をつけないと、その香りが病人にはつよかったり、ゼンソクを引き起す場合があるから注意すべきだ。意外と人が知らずに病人にとって有難い見舞品はパジャマやタオルなどである。熱があって寝汗をかく時はパジャマや寝巻は何枚でもほしいし、タオルとくると病人にはいろいろな場合に役に立つ。

しかし本当に最上の見舞品は物ではなく物にこめられた心だ。

私が入院した時、今でも忘れられないのは作家の近藤啓太郎氏が生卵を入れた箱と、女のヌードを表紙にした雑誌を五、六冊もってきて、

「これはウミガメの卵（本当は鶏卵であったが……）。これを飲むと生気がつく。しかしてこのヌード雑誌を見ると、一日も早く良くなって本当のヌードを見たいと思うから療養に専念する。どうだ」

と枕元においてくれた時はその心根がジーンときて最高の見舞品だと思った。また演出家で大学時代からの友人である天野二郎が、

「俺、今、キンケツだから」

とレモンを二つ持ってきてくれた時は、どんな高価な見舞品よりうれしかったのを憶えている。

ここでちょっと気のきいた見舞品の贈り方をお話しようと思う。これも私の経験だが、

Aさんという人が手術前、私にではなく、看護婦室にそっと菓子箱を届けてきて、

「手術の折は遠藤をよろしくお願いします」

と言ったというのをあとで聞き、何と気のつく人だろうと思ったが、果たせるかな、A氏はやはり昔、入院と手術との経験のある人だった。こういう気のつき方はやはり経験者でないとわからぬかも知れぬが、やはり心にくいやり方である。

そして最後に――長期患者の場合は入院当時は見舞客も多いのだが、半年もたつと次第にたずねてくる人も少なくなってくる。一年すれば皆無の日も多い。

そんな時、ひょっこり見舞に来てくれる人は何よりも有難く、うれしく、

「まだ、自分のことを憶えていてくれたのだなあ」

と手をあわせたい気持になるものである。


手術前でビクビクしている患者に力づよいのは経験者の見舞である。この時は手術の痛さ、苦しさはあまり口に出さず、自分のように丈夫になれるということを話し、むしろ恢復期のよろこびを伝えてやるのが一番よい。私などは手術の前に、同業の藤原審爾

氏が来てくれて、

「見ろ。俺など、こんなに丈夫になったぞ」

と一言、言ってくれたのが、随分、力になったのを今でもはっきりと憶えている。

男らしさについて

先輩のK氏が癌にかかって入院されたと伺った時、私は何ともいえぬ悲痛な感情に打たれた。

癌にかかった患者を見舞うのは見舞う方でも心が辛いものである。私は二年前やはり先輩で癌になられた方をたずねていったことがある。医者から何も知らされていないこの方は自分の御病気をひどい胃炎だと信じていられる。こちらはもちろん、本当の病名を聞いているから、相手にどんな話をしていいのかわからない。うっかりした言葉を口に出してはならぬと思い、ウソを言わねばならぬのは見舞人として本当に辛かったものである。

だから今度もそうした暗い気持でK氏の所をお見舞にいったのである。ところがK氏はコバルト療法で顔色こそすっかり変色していられたが、意外にあかるい表情で、「ぼくは癌だったよ。しかしコバルト療法と手術ですっかり大丈夫だ。転移なぞないと医者から言われている」

しきりにそう言われるのである。私は心のなかで、この人はあまり楽天的すぎる、いや、無理に楽観してみせなければ、御自分の心の不安をどうすることもおできにならないのだろう――そんなことを思いながら、しかし「よかったですね」とあいづちをうっていた。

だが、話しているうちに、急に、この人は何もかも知っているのではないかという気がしてきた。何もかも真相を――つまり自分は所詮助からないということを――知っていながら、見舞客の前ではもう大丈夫ですとわざと言っているのではないか、つまり見舞客の辛い心情、辛い立場をおもいやって、少しでもその気持を楽にしてあげるために、わざと楽天的な顔をみせているのではないかと思いはじめた。

事実、そうだったのである。長い間病気をした私にはこのK氏の態度を実に男らしいと思った。男らしいとはこういうことを言うのである。

日本人の肉体観

日本には「形見わけ」という言葉がある。家族の誰かが死ぬと、その人が身につけていたもの、平生使っていた愛用品を肉親たちがもらうのである。たとえば私は兄が死んだ時、彼の眼鏡をもらった。私の眼とは度が合わぬので実際には使えないのだが、それをもらったのは彼を偲ぶためだけでなく、彼の魂の一部がそこに残っているという感情からである。

したがって「形見わけ」と遺産の分配とは本質が違う。

私は「形見わけ」のような気持が外国人にあるのか、どうか知らない。しかし日本では「形見わけ」を今でも死者が出ると行っている家庭は多い。

また日本人には身内が病死した時、医師から遺体の解剖を求められると、断る家族も多い。

私の兄が病死した折も遺族は彼の遺体の解剖を断った。

「もうこれ以上、彼の体にメスを入れ痛い思いをさせたくありませんから」

というのが遺族の気持だった。私もその意見には賛成だった。

この話を外国の友人に話すと、びっくりする。

「君、死んだ体だぜ、痛い筈がないだろう」

彼は遺体などはもう魂がぬけた意味のない残存物だという。

私はこんな考えはこの男だけのものかと思っていたが、その後、ほとんどの欧米人が遺体について同じ感情を持っているのを知って驚いた。私のような日本人にはこの感情はまったくわからない。

第二次大戦でビルマや南方の島々で戦死した日本兵の遺骨をその遺族が探しにいく旅行がある。外国人がきいたならばびっくりするだろう。しかし遺族にとって身内の遺骨は「物」ではない。霊の残った「形見」なのだ。

なぜそんなことを書くのか。

それは臓器移植についての日本人の考えが欧米人とまた違うからだ。日本では医師たちは臓器移植をやりたがっているが、ドナーの少ないことも事実である。それはたんなるエゴイズムからではなく、遺体についての日本人の感情にも原因があると思わざるをえない。

しかしある医師はこう言った。死んだ子供の母親に

「お宅の坊ちゃんは、別の子供のなかで生きつづけるのですよ」

その言葉で母親は初めて自分の子の臓器を提供することを承知したのである。

街角の心療医師

年も終り近くなると正月号の雑誌が出る。雑誌だけが実際より一カ月早く新年を迎えるわけだ。特に婦人雑誌はそれぞれの出版社にとっては、決戦場というべきものだから、社長や重役が、地方の小売店（町の本屋さんのこと）をまわり、一冊でも多く売れるよう協力をたのみまわるそうである。それほど日本では婦人雑誌の正月号の競争は激しいのである。

私たち男からみると、あれは同じような内容、同じような附録をつけているとみえるが、それでも売上げで違いが出るのは、やはり微妙なところで編集の差があるのだろう。その微妙なところが勝負の要（かなめ）になるらしい。とにかく日本の婦人雑誌の編集技術は世界で一番だと私は思っている。

こういう婦人雑誌の正月号には必ずといっていい程、家計簿が附録につく。その他来年の運勢を書いた小冊子をおまけにする場合もある。仕事柄、私はそういう婦人雑誌の寄贈を受けるので、それらの運勢占い表を比較してみることがあるが、どれとして私の来年について同じことを書いていることはない。

昔、四人ほどの占師を梯子（はしご）して歩いたことがあった。しかし同じ質問に同じ答えは返ってこなかった。それをみても占いに一喜一憂することはないという気がする。

外国でも年の瀬になると色々な占師の来年度の予想を書いた本が売り出されている。四、五年前たまたまパリで年末をおくっていた私は、面白半分にそんな本を手に入れてホテルのなかで読んでみた。それぞれの占師が自分の写真を掲載して、昨年の自分の予想がどれだけ当ったかということを宣伝している。たとえば、

「私は中国の政変を予言した」
「米国大統領の交替を言い当てた」

等である。

好奇心の強い私はその一人の女性占師をたずねてみることにした。電話で予約して本

に書いてある住所を訪問してみると、エレベーターもない古いアパートで、息をきらして五階まで昇った私の前に現れたのは、写真とは似ても似つかぬ婆さんだった。本に載っていたのは三十年前の彼女の写真だった。

しかし、私はこの婆さんの家で、生れてはじめて、ジプシーたちの使う水晶球を見ることができた。彼女は重々しい顔をしてその水晶球をのぞきこみ、未来の私の姿がみえると言ったが、肝心の私にはそれを見せてくれなかった。

「これ以上答えるには、料金を追加してもらわないと……」

と彼女は幾つかの質問をきいたのち、私に追加料金をねだった。当然の要求と思ったがやはり白けた。

占いというものをすべて信じているわけではない。正直に言うと、三月生れの人間が皆、同じ運命になるとは考えられないし、イヌ年生れの人間がみな同じ幸、不幸を味わうとは考えられない。だから、三月生れの人生とかイヌ年生れの人の吉凶などを書いた小冊子をみても、ほんとかなと思う程度である。

しかし、好奇心に負けて今までに色々な占師にみてもらったり、街頭易者の前に立ったことがある。私が知りたいのは、自分の運勢ではなく、私をこの人がどう説得するか、という点である。こちらの顔色をちらちらと窺いながら何とか辻褄を合わせようとする占師がいたり、たくみに先程の言葉を言いつくろったりする易者がいたりして、その易者一人一人の気の弱さや気の強さの性格が窺えて面白いのである。

経験によると、催眠術にかける時でもそうだが、こちらが自信ありげに、むしろ高飛車に言うほうが、占いの場合、相手に効果を与えるのだ。特に女性の占いをみる場合、自信をもって断定的な言い方をするほうがよろこばれるらしい。

私は占いの効用は大いにあると思っている。それは悩みをきいてやるということだ。だれにも言えぬ苦しみや秘密の相談相手になってやるということである。

人間というのは、どんな人間でも、苦しみを自分だけでこらえているわけにはいかない。苦しみをこらえた人はその苦しみが形をかえて外へ出てくるのである。神経科の医者や心療科の医師は、このことをよく知っている。たとえば、親からむりやりに縁談をすすめられた娘が、食事が喉を通らなかった例がある。笑い話でも何でもない。その娘は親からすすめられた縁談をのむまいのむまいとしているうちに、食物や飲み物までのめないようになってしまったのだ。

だから我々は、自分の悩みを解放したい、だれかにきいてもらいたいという欲求を心のなかにいつももっている。それは精神のバランスをとるために、どうしても必要なことなのだ。

外国では基督教の告解というのがあって、神父が信者の心の秘密を聴いてやる仕組みになっている。心の秘密とは、その人がだれにも言えぬ、そして自分では支えきれないようなものであろう。信者はそれを神父を通して神にうちあけ、神の許しを得ることで、心の解放を得る。そして心のバランスを保つわけだ。

現代では、宗教は力がなくなったから、新しい宗教として心理学者や神経科医の心理療法が登場してきた。患者は医師に、自分の意識した罪だけではなく、もう古い過去に行った、そして彼の無意識に埋もれている秘密を医師にうちあけることによって、孤独の重みから解放されるのである。

つまりこのことは、人間が自分一人では自分の罪の重さを支えきれないということを証明している。秘密の重さは彼に孤独感を与え、罪悪意識をもたらし、そしてそのために彼は押し潰されるのだ。カトリックの罪告解とか精神科の心理療法は、こうした人間の弱味を知り尽していて、彼らを孤独から救ってやることにあるが、しかし、人間は決して一人で生きられないことがこれによってますますはっきりとしてきた。

街の占師たちは、私には通俗的な形での心療医師であり、信者の告白を聴く神父であるような気がする。ほの暗いランプの傍で客の差し出す手相から占師たちが未来を占うことよりも、相手の悩みをきいてやり、その相談にのってやることのほうがもっと大きな意味がある。

新宿にKさんという女性占師がいて、「新宿の母」といわれ、若い女性に人気があるときいている。私も彼女と一度、話したことがあるが、いかにも気さくなお母さんという感じだった。おそらく彼女は、若い女性たちのいろんな身上相談にのってやり、彼女らの心の秘密や悩みに耳を傾けてやるのだろう。

誰かに「うちあける」というだけで気分が楽になる。それが若い娘たちの「新宿の母」にたいする人気だと私は思う。

それにしても占師たちは、自分の占いをどこまで信じているのだろうか。私の若い友人で西洋占星術を勉強している女性がいた。

最近、彼女も少しずつ売り出してきたのは結構だが、ある日、

「ほんとうに君の占いはあたるのか」

とたずねたことがあった。

「あたります」

と彼女は自信あり気に答えた。もし彼女が営業上そう言ったとするなら私にはわかる気がする。しかし、本気で言ったとするならば、彼女は寂しいだろうと思った。

なぜなら彼女は自分の習った占星術によって、自身の将来も、晩年の運不運も、ひょっとしたら死ぬ時も、全部、予見できるからだ。前もって自分の運命がわかっている——人間にとってこれほど寂しく、つまらないことがあるだろうか。何をしても、将来の大筋はきまっている。防げるのはせいぜい被害（病気や失敗）を最小限にとどめるということだけである。

そんなつまらない人生に普通の人間が耐えられる筈がない。人生というのは、将来がわからないから生きる甲斐があるのであって、将来がわかっておれば、生きる意味もな

くなってしまう。我々は人生は何か、知らないから人生について考えつつ生きていくのである。

第五章　太陽のほほえみ

母と私

〝私の母〟というような題で語るのは、何か気障なようで余り好きではない。私の母は、既に故人になってしまったが、非常に篤学心の強い人で、現在の芸大——昔の上野の東京音楽学校を卒業した。そして、幸田露伴の妹の安藤幸さんに就いて、ヴァイオリンを習い、後にモギレフスキーにも師事した。その同じ弟子に諏訪根自子さんがいたそうだ。

私の記憶している母は非常な勉強家で、一日に四、五時間は絶えずヴァイオリンの練習をし、冬の寒い時などヴァイオリンの糸で指が破れ、ピッピッと血がとび散ったのを見たことがある。ところが、そういう母の息子でいながら私は子供の時からぐうたらで、自分から動くことが嫌いだった。そのせいか犬や猫が好きで飼っていた。それは動物の方が動いてくれるからという無精たらしい理由からである。

そういう調子なので、小学校も中学も不成績で、周囲の者や親戚の人たちから馬鹿にされるばかりか、学校の先生からも馬鹿あつかいを受けて、自分でも俺はほんとに馬鹿ではないかという劣等感に悩まされた。

そうした時に、母は、

「お前には一つだけいいところがある。それは文章を書いたり、話をするのが上手だから、小説家になったらいい」

と、言ってくれた。

とにかく、算術はからっきしできないし、他の学科もさんざんだったが、小説というのか童話というのか、そんなものを書いて母に見せると褒めてくれるので、それを真にうけて、大きくなったら小説家になろうという気持を、その頃から持つようになったのだが、——それだから小説家になったのでもない——もし、その当時、母が他の人たちと一緒になって、私を叱ったり馬鹿にしていたら、私という人間はきっとグレてしまって、現在どうなっていたかわからないという気がする。

母が私の一点だけを認めて褒め、今は他の人たちがお前のことを馬鹿にしているけれど、やがては自分の好きなことで、人生に立ちむかえるだろうと言ってくれたことが、私にとっては強い頼りとなったと言える。

実際、小説家となった今日、あの時母がいなかったら、小説家にならなかったに違いないと思う。また、小説などを読むことを教えてくれたのも母だった。私が本を読めるようになった頃、母は私と一緒に本を読んでくれて、こんな風景の書き方があるが、面白いでしょうなどと語ってくれたが、それがある意味で小説の読み方に通じたのだろう。同時に、本を読むことの楽しさを教えてくれたとも言える。

もう一つ、母は自分が音楽を勉強したせいか、私に音楽をいろいろと聴かせてくれた。私は音楽には全く音痴だが、聴くことは好きだ。それはそれとして、本を読んだり、音楽を聴くことによって、私は芸術家を尊敬するということを教えられたと思う。母は音楽家として成功しなかったが、私に、一つの芸術が育つためには、非常に勉強しなければならないということと、一流の芸術家が世に出るには、他の多くの芸術家が、その足下で滅んでいるのだということを教えてくれた。

母は後にキリスト教信者になったが、宗教と芸術についてすっかり考えこみ、ヴァイオリンをやめてグレゴリアン音楽というものの勉強を始めた。後年になって私はキリスト教というものを、母親に対する愛着から勉強したり、考えたりするようになった。もちろん、子供の時には教会へ行くのを嫌っていた。

とにかく、私がキリスト教から離れることができないとすれば、その五十パーセントは、母に対する愛着に由来しているのではないかと思う。母はキリスト教者として死んだ。

母は世間の母親と違って、自分の弱点を平気でさらけ出した。母の死後に、その生涯を調べて、その恋愛などというものがわかってくるに従って、母というものがぐっと身近に感じられるようになったのは、私の年齢のためからかも知れないが、一つには私が小説家であるからかも知れない。

私にとって母というのは、単に尊敬すべき人というのではなく、もっとも人間らしい生き方をした人物ということを感じると同時に、やはり私の肌の一部のように感じられる。

私はいつか母のことを小説に書きたいと思っているが、まだまだ私にはそれを書き分ける力がない。後五、六年もしたら母をモデルにして、母を書くのではなく、『女の一生』という題で一つの小説を書いてみたいと、いつも思っている。

私は書斎に母の写真を飾っているが、私が酒を飲んで悪業を働いて帰ってくると、写真の母は何か怒っているような顔に見えてくる。また、仕事がはかどった時、母の写真を見るとニコニコしているような気がする。同じ写真なのだが、そういうように感ずるのは、私がこんな年齢になっても母を怖いと思うのは、私が母を良心の一つの規準にしているからだろう。

とにかく、考えてみると、私は母に対して迷惑ばかりかけた。私は学生としても悪い学生で、あちこちの学校を受験しては落ちてばかりいて、浪人も三年ぐらいするし、母としては、他家の息子と比較して自慢になるような点は一つもなく、ようやく学校に入学しても教師から呼び出しがくる始末だった。やっと芥川賞を受け、文士として一人前になったが、子供の頃、小説家になれと言ってくれた母は亡くなっていて、受賞後になって、家内や子供をつれて温泉へ行ったりしたが、私はそれまでは一回も自分の金で母

を連れて行ったことはないし、こんな温泉へ家内や子供を連れて来ているというような
ことが、非常に母に対し申し訳ないという気がすると同時に、母の生きている間に自分
の金で温泉へ連れて行きたかったたという気持がした。

これは単に私だけではなく一般の男性が、自分の母とか妻に対して、常に良心——相手は良心で自分は悪い人間だと思うのである。私には母や妻は良心であり、私はいつもその良心をふみつけにする悪い人間だという気持から抜け切れない。私にとっては妻を拡大したのが母親であり、これは世の中の一番いい部分で、しかも、それに対して悪いことばかりして、迷惑をかけてきたのが、私だという気持から抜け切れない感じがしている。

太陽のほほえみ

入道雲が校舎の上に真白にみえて、先生が通信簿を一人一人に渡すと、それをおそるおそる見て、チェッ、母親にまた叱られるなと思っても、今日から夏休みというよろこびがそんな不安を吹っとばしてしまう日――それが我々の時代の夏休み最初の一日だった。

友だちと近所の神社に虫とりのあみを持って行き、大きな杉の木にとまってジージーンとなく蟬を追いかけ、それをやっと掌のなかで握りしめた時のよろこび。縁側で昼寝をして目がさめると庭に日まわりの花がこちらを向いて咲いていて、母親が真赤な西瓜を盆にのせて食べさせてくれる。それが夏休み二日目の思い出だ。

海に泳ぎにいって飴湯という飲物をのみ、下駄を引きずって家まで戻る途中、大きな松の木の下に氷屋が出ていて、それを横眼でにらみながら通りすぎた思い出。

宿題をさぼりにさぼり、あと二日で休みも終るという日からあわてて机に向かい、溜息吐息で宿題帳をにらんだこと。のりのついた寝まきを着て蚊屋のなかでいつまでも兄弟と暴れまわり、最後には母親に叱られて、ベソをかきつつ眠ったこと。

いい年になっても少年時代のそんな夏休みのことは絶対に忘れない。それは私だけでなく私と同じくらいの年齢になった者はひとしく同じだと思う。

あの夏休みをどうしていつまでも憶えているのか。それは幸福だった頃のイメージと夏休みが結びつくからだろうか。

それともあの夏休みの頃ほど、自分が純で、けがれなかった時はなかったと、懐かしいからだろうか。あるいはその思い出のなかに夏の風のにおい、花のにおい、樹々や草のにおいがまじっているからだろうか。

あなたたちもやがて私と同じ年になれば夏休みのことをいとしく、懐かしく、それ以上に幸福だったものとして思いだすだろう。そんな夏休みを送ってくれたまえ。

灘高出身者の一人

私はこれでも灘高の出身である。

と言うと聞こえはいいが、これには説明がいる。

私の中学生時代は旧制だったから、灘高なるものは存在せず、そのかわりに五年制の灘中学があった。

その灘中学が戦後、いわゆる灘高に昇格するわけなのだが、私の少年時代はまだまだ有名ではなかった。有名でないどころか、実は兵庫県の神戸一中や三中に入学しそこねた連中が入ってくる学校だったのである。

私の場合も小学校の成績があまり芳しからぬのに入学できたのは、まあ正直にいうと、当時のあの学校が秀才学校でなかったからでしょう。

だから現校長のK先生に四、五年前に久しぶりにお目にかかったとき、ぴしゃッと釘をさされた。

「遠藤君、君は灘の出身やとふれまわっとるらしいがね——それは嘘やないけれど——昔の灘と今の灘とはえらう違うんやで」

「はい」

と一応私もうなずいてみせたが、灘中時代、かなり先生にぶん撲られた身だったから、少しぐらい元をとりかえすべく、灘出身を「ふれまわって」も差し支えないではないかと心のなかで思った次第である。

当時の灘中は、やがての飛躍を求めて秀才教育の準備を既にはじめていた。つまり学生をA、B、C、Dの四つにわけて、成績のよい者はA組、それに続く者がB組、成績悪き者はC組、箸にも棒にもかからぬ者はD組にしたのである。

私は、兄がかなりの秀才でA組のトップだったから入学の折はA組に入れてもらった。しかしたちまちにして馬脚をあらわし、二年でB組に落ち、三年でC組、更に四年、五年がD組で、卒業番号はビリから三番という情けない有様だった。

なぜ、そうなったのか。

その理由は簡単である。まったく勉強をしなかったからである。

家ではもちろんのこと、教室でもほとんど先生の言われることを注目傾聴していなかった。

では何をしていたかというと、教科書の下に江戸川乱歩の変な？ 小説をおいて変な刺激を受けたり、あるいは紙にまことにくだらぬことを書いてうしろの連中にまわして時間をつぶしていたのである。

当時の中学生の憧れのまとにダイアナ・ダービンという少女女優がいた。『オーケストラの少女』という音楽映画でデビューをして、一躍、世界的に有名になったスターである。私などもこの少女女優のブロマイドを何枚も持って、溜息をついていたものだ。

だから授業中、私は紙に次のような言葉を書いてうしろの席にわたしたことがある。

「ダイアナ・ダービンはなぜダイアナ・ダービンというか。それは彼女の尻の穴が大きいからで、昔は彼女を大穴大便と呼んだためである」

こういうくだらぬことをやっているうちに授業時間が終る。勉強のことなどまったく頭になく、毎日、学校を往復したものである。

数学などは異人の言葉でもきいているようでチンプンカンプン、理解できなかったし、したがって試験の時はまったく白紙だったからそれを知った兄から、

「白紙はいかんぞ。わからなくても何かを書け」

と叱られたことがあった。私はなるほどと思い、次の試験からは数学の問題で「右を証明せよ」という問題にはみな、こう書いた。

「サウデアル。全クサウデアル。僕モサウ思フ」

あの頃の先生はすぐ生徒をお叩きになる時代だったから、私は毎日実によく叩かれたものだ。平手で叩かれる時もあったが、痛かったのは出席簿の角でコツンをやられる時だった。これが実にこたえた。

もっともこういう少年時代の思い出は今、五、六十歳の男なら誰もが持っているにちがいない。

二年ほど前、ＮＨＫから思い出の場所の取材をうけるため、久しぶりに灘高を訪れたことがある。

着いた時は授業中で、運動場はがらんとしていた。運動場の隅の石垣も松の樹もすべて四十五年も前とおなじだった。私は松の幹をさすりながら、

「お前も長く生きているなア」

と話しかけたい気持になった。

やがて授業が終り、生徒たちが教室からぞろぞろと姿をみせた。なるほど東大入学率をほこる灘高だけあって、生徒の顔はどれも眉目秀麗(びもくしゅうれい)である。

私はかつての自分のニキビ面を思いだしたが、ニキビ面など一人も見当らない。私は、かつての自分が「ソバプン」というアダ名をつけられたが、それほど臭かったことも思いだした。ソバに寄るとプンとにおうので「ソバプン」だったのだ。しかし今の灘高生にはそんな不潔者はいないようだ。
三、四人の生徒をつかまえて話しかけてみた。頭のいい返事がかえってきた。どこを受けるのかと聞いたら、皆、

「東大」

と言下（げんか）に答えた。

きっとこの生徒たちは、いつかは優秀な官僚や医師や大学教授になるだろうと思った。普通の親としては頼もしい息子たちにちがいないと思った。

だが、だが——一人の小説家も、もう灘高出身者からは出まい、一人のすばらしい画家も、一人の俳優もこの学校からは出ないのではないか、という不安に似た感情が私の胸に起きてきた。

理由ははっきりは言えない。しかし将来は「東大」と間髪を入れず返事するような生徒には、国語の教科書の文章を読んでも、文章は結局、受験の対象でしかなく、彼の人生の一部分とはならないだろう。

それが悪いといっているのではない。しかし、私のような人生を送った者にはやはり昔の灘中が懐かしく、今の灘高がちょっぴり寂しかったのも事実である。

私は受験勉強なるものをまったく否定するわけではないが、率直にいうと、あれは勉強ではないと思っている。

十五、六歳から十七、八歳まではもっとも少年少女の多感な時代である。多感だから、その時、何を読ませるか、どう読ませるかを一人の教師が教えるだけで、その子供の人生は随分とふくらみ、可能性を持つことができるのだ。

私が浪人三年をしたから負け惜しみを言うのではないが、この年齢の時に「本当の勉強」をせねばならぬのに、今の日本の高校生は受験勉強という「嘘の勉強」をやむをえず強いられている。あれが私などには何としても気の毒でならない。

「君たち、かまわんから、破目をはずせよ。少しは不良になれ」

と私はもう四十年以上も年齢のちがう後輩たちに言いたかった。言ってもわかってもらえるかどうか、判断できないけれども。

老眼鏡

水あびをする場所を作ってやり、餌(えさ)をまいていれば面白いほど小鳥が来ますよと人に教えられて、小鳥の家と称する郵便受けのような箱を樹木にうちつけ、石をならべて水あびの場所をこしらえてやった。

二日たっても三日たっても何もやってこない。それが五日目頃から雀が二、三羽、まいた餌をひろうようになった。

雀が来るようになると、やがて野鳥も飛んできた。嗄れた声を出す鳥や茶色い鳩のような鳥がまず附近の枝にとまって、警戒心を露骨に出した姿勢であたりを窺い、それから何処かに飛び去り、ふたたびやって来て、少しずつ餌をたべる。

仕事の合間にそれを見るのが楽しく、子供用の鳥の本を息子の部屋から持ってきて、あの鳥は何の鳥かと調べたが、どの鳥も挿絵にあるような、ないような感じがして、山鳩かと思うと山鳩でないらしく、遂に諦めてしまった。雑草の名や鳥の名を私はほとんど知らない。小説家のくせに情けないと思うが、人に教えられてもすぐ忘れてしまう。

この頃、ますます物憶えが悪くなった。

先日、駅で切符を買って何気なしに見たら字が読めない。

「やられた」

と思った。

老眼などまだまだと考えていたし、自分は近眼なので人よりそれが遅いと想像していたのだが、遂に来たわけだ。

眼鏡屋に行って老眼鏡をこしらえてもらった。

「近眼と老眼と一緒になったレンズにしますか」

と眼鏡屋はいう。

「いや、あれはイヤです」

と私は答えた。

近眼と老眼の一緒になった眼鏡をかけた人がいてその人がジロリと私を見た時の顔を思いだしたのだ。

その人は評論家だった。しかし、そういうことをまだ気にするのは若さに執着しているようでいけない。

春になると必ず、私の庭の小さな池にガマが卵を生みにくる。卵を生むまで池の近くで夜など妙な声をだして鳴いたり、ポチャリと音をたてて池に飛びこむ。そういう音をじっと聞くようになったのも老眼になってからだ。

卵は寒天のように池のなかに沈んでいて、私はそれを毎年とる。今年はうっかりして無数のオタマジャクシが生れ、その処置に困ってしまった。

卵を生んだガマはどこに消えて行くのかと思っていたら、ある朝、家の前の路に車に引かれたのか、雑巾のようになって死んでいた。しばらくの間、じっとそれを見ていたが、そんなことも老眼鏡をかけてから気になるようになった。

祖父と孫

孫が二人いる。女の子とその弟である。二人とも小学生。二人が遊びにくると、はじめの十分間ぐらいは面白いが、次第にうるさくなり、次第に疲れてくる。

『赤ずきん』の本を読んでくれと言うので何度も読まされた。段々と面倒くさくなり、

「その狸はお婆さんに化け」

などと口から出まかせに話を作りかえると、

「ちがう、狸じゃない」

と女の子が言う。わかっているなら、何も読まさなくてもいいのに、と思う。

近頃の少女はマセていて、

「恋人はいるのか」

とたずねると、ためらいもせず、

「いる」

と答える。

「クラスのなかにいる」

「ほう、もうキスしたのか」

「した」

私はびっくりして、

「何処でした、学校のなかか」

とたずねると、私を馬鹿にしたような表情で、

「そんなところでキスしたら、友だちに笑われるじゃない」

「じゃ、何処でしたんだ」

「帰り路で待っていて、キスしたの」

「向うは何と言った」

「ありがとう、と言った」

むかし小学生の頃の私は祖父にこんな話ができなかった。第一に女の子にまだ関心はなかった。時代は変ったのである。しかし彼女はこの内緒話を弟だけにうち明けている。弟も平然として、

「○ちゃんは内田君という子が好きなんだよ」

と話をする。姉弟どうしでは、こんな会話も普通らしい。

こういう話を聞く時は孫相手も面白いが、それが終ると、（早く帰らないかなあ）と心中、思うようになる。うるさくて仕方がないのだ。先輩たちが昔、（孫には会いたし、会いたくもなし）と言っていたのを思いだす。

子供の頃の私には祖父や祖母はおっかない存在だった。ただ正月とか、盆暮れには親のくれない五十銭玉を、

「お小づかいだよ」

と言ってくれるのが有難かった。五十銭玉をくれる時が彼等は私の祖父や祖母だった。

ある酒の味

一九五〇年の六月五日、小雨がふっていた。その小雨のふる横浜の波止場に白い外国船が横づけになっていて、白服を着た船員が次々と桟橋を登ってくる客を愛想よく迎えていた。

この白い船はマルセイエーズ号といって、その日からぼくたち日本青年四人を乗せて、遠いマルセイユまで運んでくれる手筈になっていたのである。

洋行といえば聞こえはよいが、本当はそんな立派なもんじゃなかった。

戦後まだ間もない時で、はじめて留学生が四人も外国に出かけるという計画だけはよかったのだが、いざパスポートをとり、半年かかって仏蘭西からヴィザ（入国許可証）をもらっても、かんじんの旅費が我々には調達できなかったのである。

東京駅ちかくの外国船会社に行って問いあわせると、マルセイエーズ号の船賃は一等が数十万円、一番やすい旅客(ツーリスト)クラスでさえも二十万円であるという。留学の条件は向うの生活費、学費は面倒をみるが渡航費だけは自分で支払えというのであったが……我々留学にきまった四人の男のうち誰一人として最低の二十万円さえ作れるものはない。

「ダメなんです……みんなアルバイト学生なんですから」ぼくらがそう言うと、

「困ったわねえ……」

今でも憶えているがこの船会社にいた一人の仏語のとても上手なタイピストのお嬢さんが――たしか水谷さんとかいったが――しばらく小鳥のように首をかしげて呟いた。

「五万円の部屋があるんだけど……」

「五万円」こちらは砂漠の中で水をみつけたようだった。

「そりゃいい。どんな部屋です。五万円なら結構です」

「いつも海の見える碧(あお)い部屋よ……」

いつも海の見える碧い部屋というイメージはぼくらの心を甘くやさしくゆさぶったのである。白い鷗(かもめ)がとびかい、碧い海のいつも見える船室。まるでボードレールの詩句にでもありそうじゃないか。

そしてぼくらは先輩、知人の間を駆けずりまわり、ともかくこの五万円の金額を手に入れたのだった。

そして一九五〇年の六月五日、その先輩、知人に見送られて、颯爽と桟橋をのぼり、船員に切符をみせて、案内を乞い、(海のいつもみえる碧い部屋は何処)カタことの仏語でたずねたのだった。

と、船員はうすい笑いを頬にうかべ、

「リヤンポタン、アンポンタン」

まあそんな風にこちらの耳に聞える何やらワケのわからん仏蘭西語で答え、指で遥か向う、ちょうど船荷をおろしている三等甲板を指さしたのである。

部屋は部屋ではなく、それは船荷をおろした船艙(せんそう)の一部であって、ちょうど吃水線(きっすいせん)より以下になる穴底だったから、たえず碧い海の中にあることになる。つまり海のいつも見える碧い部屋とはこの四等のことだったのだ。のみならず、そこには異様な臭気がただよっていた。我々がおそるおそる、その船艙におりると、うす暗い内部の床に、褐色のくろ光りのした裸体のアフリカ人が毛布を腰にまきつけ、二、三十人ごろごろとねそべっていた。我々は仰天して甲板にかけのぼった。中には顔に白い入墨をしている黒人もいたようだった。

「お前、神戸までに食われるんじゃねえか」

見送りにきてくれた先輩の一人、柴田錬三郎氏までがそう言ったひくい声を今でもぼくははっきりと憶えている。

誰かが早速、調べてくれた報告によると、このアフリカ人たちは仏印(ふついん)における外人部隊の兵士たちで、日本の戦犯を護送して横浜まで来た帰りだということだった。船艙にぼくらが降りた時、彼等の眼が異様に光ったのが怖ろしかった。

「どうする」

「どうするって、今更仕方ないじゃないか」

我々が懸命になって相談している間に出発を告げるドラがなりはじめた。見送りにきてくれた先輩、友人たちも気の毒そうな顔をして船を降りていった。

やがてゆっくり船が動きだし、海鳥がかなしい声をたてながら甲板の上をまい、向うの埠頭で見送る人の影も一握りの砂のようにかすかに遠くなってしまった。甲板にたった我々の頭に霧のような雨が容赦なく降りそそいでいた。

こわかったけど降りるより仕方なかった。ぼくを先頭にして四人の留学生は垂直の鉄はしごをおりると、毛布を体にまいたアフリカの兵隊たちはねそべったまま、眼を光らせてこちらの一挙一動をみつめていた。

「ベンジョ、どこでしょうか」

ぼくは必死に片言の仏語でその一人にたずねた。しかし相手は仏語がわからぬのか、黙っていた。やがて彼等のうち特に体の大きい男がゆっくりとあらわれて、向うも下手な仏語でたずねた。

「どこに行くのか」

「フランス。勉強。留学生」

彼はうしろをふりかえって仲間にそれを説明した。すると仲間たちは「アガアガ」とか「ザンバ」とかぼくらにはわからぬ発声をして肯いた。やがてその一人がアルミのコップに不透明なドロッとした液体を入れて、ぼくに匂いをかがせた。強いアルコールだった。彼はその半分を飲むと、ぼくにさしだして、身ぶりで飲めとすすめた。白状すると気持わるかったが、ぼくはそのアルミのコップを口につけて思いきって飲んだ。強烈な酒だった。アフリカの兵士たちは笑い、それから急に親愛感を示して煙草をくれたり、麦酒（ビール）の瓶を出してくれたりした。

そしてぼくは彼等と船艙の中で生活を共にして彼等が心やさしい人々であることを学んだ。だが彼等のくれたあのアルミの強い酒の味は今日も憶えているが、二度と飲んだことはない……。

モニックの手紙

留学した者は誰でも青春をすごした都市を美化して思いだすだろう。私だって眼をつむると一九五一年のリヨンの街がおのずと眼にうかんでくる。仲間の学生たちは私に俗語だけでなく、酔った時に彼等が歌うケシカラヌ学生の歌も色々と暗記させてくれた。

梅毒になっても、平気だぜ（オン、サン、フー、ダトラペ、ラ、ベロール）

だが私たちは長い間、連絡が途絶えていた。彼等は自分たちが俗語やケシカラヌ歌を教えた日本人の学生が小説家になるなど夢にも考えていなかったろう。

二年前、一通の手紙を仏蘭西からもらった。なかからは見も知らぬ婆さまと一人の老紳士が幼児を抱いている写真が出てきた。

「わたくし誰だと思いますか。わたくしは一九五一年から五二年のあいだ、ＡやＰやＭ

やあなたとグループだったモニックなのです。偶然、リヨンにいる日本人の商社の人にわたくしはあなたの名を口にしました。彼はあなたが小説家になっていると教えてくれましたよ。どんなに驚いたか、わかりますか。それは本当に驚きでした。あなたはあの頃、小説を書くなど一度も言ったことはなかった……」

この婆さまがあの可愛かったモニックなのか。そしてそばにいる老紳士が私も知っているHであり、幼児は彼等の孫だったのだ。

口惜しいが写真をみているうちに泪がこぼれた。私は老いたが彼女もHも老いていたからだ。

彼女が「あなたはあの頃、小説を書くなど一度も言ったことはなかった」と書いたのは当然である。そんなことは自分にも確信がなかったし、よしそういう気持があったとしても恥ずかしくて異国の友だちなどに口にする筈はなかった。

私たちの寮の前を古ぼけた電車が軋(きし)んだ音をたてて通っていた。その停留所近くに夕暮になると必ず帽子をかむった中年の女性があらわれ、夜になるまでじっと立っている。

「あれ、可哀想な女だ」

と一番、仲のよかったAという学生が教えてくれた。

「亭主の戦死がまだ信じられなくて、毎日、彼が昔帰ってきた時間に待っている」

今でも思いだす。チンチンという市電の音。建物の蔭に大きな袋を持って小さな石像のように身じろがない女。

AやPと一緒に町の中心のベルクール広場を歩いている時、私は壁にはりつけられたプレートの一字、一字を読んだ。

「ナチはこの地下室で仏蘭西人を拷問した」

AもPも私も硝子が破れ、錆(さ)びた網のはってあるその地下室の窓を覗きこんだ。眩暈(めまい)を感じた。地下室ではなく、人間の心の奥底の暗黒を覗きこんでいるのだと私は思った。

十月になるとソーヌ河から立ちのぼる霧が街を包んでしまうリヨン。霧のなかから人の影が亡霊のように現われる。それはまるで人間の意識下のシャドウのようだった。

ずっと昔、永井荷風が住んだリヨン。しかし私がこの街でみたのは『ふらんす物語』のような美しい抒情ではなく、人間の心のくるしい深部だった。だがそんなことをまだ少年のような顔をしている大学生のAやPに話せなかった。モニックたち女子学生に言う筈もなかった。私は心の内側を大学ノートにこっそり書きつづけた。

モニックの手紙に返事を出したのが切掛でAやPやその他の友だちとも連絡がとれた。子供っぽかったAはなんと立派な判事さまになっていたのだ。

彼の手紙にも家族の写真が同封されていた。その息子は我々が通った大学の学生だそうだ。

「お前はGを憶えているだろう。あのGが今、癌にかかって郊外の病院に入院している。この間四人で見舞に行った時、お前の仏訳の『沈黙』を持っていった。彼もお前が小説家になったことを悦び……」

春の寂しさ

私が校長をやっている映画学校の卒業式があった。

朝、九時、白ネクタイにモーニングで式場に行く。

卒業生に一人一人、免状を手渡しして、優秀な学生と握手をする。

ずらりと並んだ若者たちの顔を見ながら、ずっと、ずっと昔、自分にもこんな年齢があり、学校を卒業した日のあったことを思いだした。

私の場合は空襲で講堂が焼けた三田の丘が卒業式の場所であり、免状もそれぞれの教室でもらった。

その時は自分の将来が一体、どうなるのか見当もつかなかった。

できれば、ものを書いて生きていきたいという憧れはあったが、一人前のもの書きになる方法も手段もまったく知らなかった。正直いうと「何とかなるだろう」という漠然としたオプティミズムと、「どうしようか」というペシミズムの交錯した気持だったのである。

「彼等も同じにちがいない」

と私は自分の過去を思いかみしめながら校長として壇上にたった。

「君たちは、何はともあれ、映像の世界や演劇という世界を将来の仕事場として選んだ卒業生です」

と私は切りだした。

「しかし、この世には心ならずも、あるいは志にそわぬ仕事をせざるをえない人も多いのです。それらの人々はこれから自分の職場に通いながら、通俗的な出世という二文字以外に、本来の仕事への楽しみを感じもせず人生の毎日を送るでしょう」

私は話を続けた。

「その点、君たちは幸せです。好きで選んだ道をいつまでも歩けるのですから。といって、仕事である以上、それに苦労がないわけではない。たしかに苦労はある。しかしどこか楽しい。私はそれをくるたのしいといつも申しております」

私は自分が小説家という仕事を選んだことを後悔していない。

それは苦しいことは苦しかった。まったく濡れていないタオルをしぼって水を捻(ひね)り出すような苦しみも何度かあった。

ひとつの小説を完成するまで幾つもの高い山をのぼり、やっと陽の当る平原を見おろす感じになるまで長い歳月のかかったこともあった。

しかしそんな苦労にかかわらず、いつも仕事に楽しさが伴っていたことも確かである。さらに幸せなのはそれが私の好きで選んだ仕事だったことである。

卒業生を前にしてそんなスピーチをやった。彼等の何人がわかってくれたか、どうか、わからない。

このなかには途中で息切れがして素志を捨てて故郷に戻り、別の仕事につく者もいるだろう。経済的に辛いためアルバイトとして働いている仕事にひきずりこまれ、本来の願いを放棄してしまう者もおろう。

そして残った者だけが「映像の世界」を天職とする。私は彼等の一人一人の顔を見ながら、卒業証書を渡したが、その時、右に書いたような思いが胸中を横切った。

式が終り、写真をとり、私は車に乗った。

昨日からの暖かさのせいか、それとも学校が多摩川のほとりにあるためか、梅や桃の花が咲いているのがあちこち目につく。

「年年歳歳、花相似たり」

というあの詩がうかんだ。

「歳歳年年、人同じからず」

私のように人生の大半を生きた者は春の風景を見るたび、

(あと、何度、この花の季節を迎えられるだろうか)

という気持がするものである。

今日は若い学生の人生への出発にたちあっただけに、私の心はよけいに時の流れに敏感となり、感傷的になっている。

Aも死んだ、Bもいなくなった、Cも世を去った。皆年齢を共にして若さをわかちあった友人である。

(君たち、一体、どこにいるのか。君たち、どこに行ったのか)

車から梅林の白い花、川岸の桃の花を眺めながら私は去った者にたずねてみる。何の返事もない。

若い者には春は浮き浮きとした季節であろうが、老いた者には何ともいえぬ寂しさを花の背後に感じる。花冷えという、あの底冷えを……。

出典一覧

無意識の中にひそんでいる力を活用しよう――『周作塾』一九九八年五月　講談社文庫
他人になりたい欲望――『冬の優しさ』一九八二年十一月　文化出版局
友あり、遠方より来たるまた楽しからずや――『ぐうたら社会学』一九七九年十月　集英社文庫
ゲンをかつぐ――『心の航海図』一九九四年二月　文藝春秋
懐中時計とパイプ――『心の航海図』一九九四年二月　文藝春秋
私は私、これでよし――『心の砂時計』一九九二年二月　文藝春秋
まず微笑――『愛のあけぼの』一九七六年六月　読売新聞社
ペン軸の話――『愛のあけぼの』一九七六年六月　読売新聞社
〝ケチ〟はくたびれるもんです――『ぐうたら社会学』一九七九年十月　集英社文庫
ケチ合戦――狐狸庵 VS どくとるマンボウ――『ぐうたら生活入門』一九七一年十二月　角川文庫
のどかな、のどかな話――『ぐうたら漫談集』一九七八年七月　角川文庫
迷編集長と迷編集者――『ぐうたら人間学』一九七二年十月　講談社
思いちがい――『ぐうたら人間学』一九七二年十月　講談社
異邦人との珍問答――『ぐうたら社会学』一九七九年十月　集英社文庫

だまし屋――『ぐうたら人間学』一九七二年十月　講談社
夫婦喧嘩のときの屁理屈――『わが青春に悔いあり』一九七四年十月　角川文庫
短気をなおす法――『愛のあけぼの』一九七六年六月　読売新聞社
私と唄――『ぐうたら人間学』一九七二年十月　講談社
モテる者とモテざる者――『ぐうたら人間学』一九七二年十月　講談社
自動車の運転を習う――『ぐうたら漫談集』一九七八年七月　角川文庫
日本人と結婚した外国人女性――『異国の友人たちに』一九九二年八月　読売新聞社
不器用な愛情表現――『変るものと変らぬもの』一九九〇年七月　文藝春秋
医者を選ぶも寿命のうち――『眠れぬ夜に読む本』一九八七年八月　光文社
怒らない薬――『眠れぬ夜に読む本』一九八七年八月　光文社
くたばれ敬老の日――『ウスバかげろう日記』一九七八年四月　文藝春秋
戒食　怪眠　怪便――『ぐうたら漫談集』一九七八年七月　角川文庫
見舞のむずかしさ――『わが青春に悔いあり』一九七四年十月　角川文庫
男らしさについて――『愛のあけぼの』一九七六年六月　読売新聞社
日本人の肉体観――『異国の友人たちに』一九九二年八月　読売新聞社
街角の心療医師――『冬の優しさ』一九八二年十一月　文化出版局
母と私――『ほんとうの私を求めて』一九八五年十月　海竜社

太陽のほほえみ――『愛のあけぼの』一九七六年六月　読売新聞社
灘高出身者の一人――『眠れぬ夜に読む本』一九八七年八月　光文社
老眼鏡――『ぐうたら漫談集』一九七八年七月　角川文庫
祖父と孫――『心のふるさと』一九九七年十一月　文藝春秋
ある酒の味――『ぐうたら漫談集』一九七八年七月　角川文庫
モニックの手紙――『落第坊主の履歴書』一九八九年十二月　日本経済新聞社
春の寂しさ――『心の航海図』一九九四年二月　文藝春秋

遠藤周作（えんどう　しゅうさく）
一九二三年東京生まれ。慶應義塾大学仏文科卒業。五五年「白い人」で芥川賞、六六年『沈黙』で谷崎潤一郎賞、七九年『キリストの誕生』で読売文学賞、八〇年『侍』で野間文芸賞を受賞。九五年文化勲章受章。著書として『海と毒薬』『スキャンダル』『深い河』等多数。九六年九月逝去。

私は私、これでよし

二〇一四年三月二〇日　初版印刷
二〇一四年三月三〇日　初版発行

著　者　遠藤周作
装　丁　中島かほる
発行者　小野寺優
発行所　株式会社　河出書房新社
東京都渋谷区千駄ヶ谷二―三二―二
電話　〇三―三四〇四―一二〇一（営業）
　　　〇三―三四〇四―八六一一（編集）
http://www.kawade.co.jp/

印刷・製本　中央精版印刷株式会社

ISBN978-4-309-02267-3
Printed in Japan